「後で、一粒残らず拾っておく。だから、遠慮なく涙を零せ」
（本文より抜粋）

DARIA BUNKO

蒼の王子と誓いの愛翼

真崎ひかる

ILLUSTRATION 明神 翼

ILLUSTRATION
明神 翼

CONTENTS

蒼の王子と誓いの愛翼

《〇》

羽音に釣られて空を仰ぐと、大きな羽を広げた鳥が悠々と街の上空を旋回している影が目に映る。

七日に亘って開催される三年に一度の祝祭は、この国の首都が最も華やかでにぎわう時期でもある。

城下を貫く目抜きの大通りは馬車が通行禁止となり、地方から集まって来た行商人の屋台が所狭しと通りの両脇に軒を連ねる。

この祝祭の喧騒に身を置くのは、十二年ぶりだ。

詳しく記憶に残ってはいないけれど、六歳になってすぐの頃、両親に連れられてここを訪れたことは憶えている。

様々な人に顔を覗き込まれ、『綺麗な髪と瞳の色だ』と褒められた。自分の容姿が人の目を引くらしいと自覚したのは、あの日が初めてだ。

「お坊ちゃん、珍しい石はいかがかね。北の地方でしか採掘できない、希少なものだよ。彼女への贈り物にも最適だ」

不意に脇から声をかけられて、かつての記憶に沈みかけていた思考が現実へと立ち戻る。

いつの間にか詰めていた息を細く吐いて、答えた。

「……結構です」

「髪飾りはどう？　あんたの銀の髪に映える蒼い羽根の飾りつきだ」

「興味ないから」

身なりから良家の人間だとわかるのか、次々に声をかけられる。けれど、大通りを歩く翠蓮の目的は買い物ではない。

浮かれた空気の中、緊張で頬を強張らせて歩き続け……剣を携えた警備兵が番をする大きな門の前に立つ。その脇には白い天幕が設えられている。

「ここで、受付してるんだよな」

意外と地味な……と口に出すことなくつぶやいて、長く息をつく。

王宮で召し使われる民を、ここで募集しているのだ。でも、翠蓮の目的はただ単に王宮での職を得ることではない。

もっと、ずっと重要で……名誉ある、審査の機会に巡り会うことからして幸運な、貴族の子女なら誰でも望む大役に選出されることだ。

自分には、その役目を射止めなければならない理由がある。

「選ばれてみせる……って言っても、僕がどうにかできるものじゃないけど」

拳を握って気合を入れた翠蓮は、不安を覗かせないよう表情を引き締めて天幕の入り口をくぐった。

□□□

静謐な空気の満ちる部屋には、翠蓮を含む八人の少年少女が審査の順番待ちをしている。

白い壁際には、恭しく台座に置かれた銀色の鳥籠が五つ、等間隔で並んでいる。それぞれ警備兵が脇に控え、厳重に護られていた。

強固な警備態勢が敷かれるのは、当然だ。鳥籠の中、艶のある上質な天鵞絨の上に鎮座する小さな卵は、ただの鳥の卵ではない。

この国の王族は、手に自身の守護鳥の卵を握って生まれるという。たいていは二十歳までに孵化し、成鳥となった王鳥は主と国の護りとなる。その卵を孵化させられるのは、選ばれた『抱卵役』のみだ。

卵の重要性を承知している翠蓮は、噂で聞いた「卵」より小さいな……と思いながら銀の鳥籠を見詰める。

そこに並ぶ五つの卵の、どれでも構わない。どれかに、「選ばれる」ことが翠蓮の目的だ。卵の主の気質からして、「朱い」ものを望む候補者が多いことは知っているが、選ばれさえすればいい翠蓮には色の違いなど些末な問題だった。

その、「選ばれる」ということが、最初で最大の難関なのだが。

審査に挑むには「成人前の清廉な少年少女」という条件があり、次回、三年後の祝祭には二十一歳になる翠蓮にとっては最初で最後の機会となる。

緊張のあまり喉がカラカラに渇き、奥歯を強く噛み締めているせいで頭が痛くなって来た。

隣に立つ……状況がよくわかっていなそうな、見るからに田舎から出て来たばかりという雰囲気の少年をチラリと見遣り、かすかに眉を顰めた。

黒髪に黒い瞳、服装も簡素な少年は暢気な様子で室内を見回している。

貴族の子息ではないのは、これまで夜会等の集まりで一度も顔を合わせていないことからも確実だ。

事前審査を経ている翠蓮や、同じ年頃の少年少女とは明らかに異なる出で立ちで、どのような経緯でここにいるのか謎だ。自分たちからチラチラ見られて居心地が悪いらしく、不安そうな表情でうつむいてしまった。

こんな、のほほんとした人間とは覚悟が違う……と表情を引き締めた瞬間、奥の扉が開いて橙色のオウムを肩に乗せた元老院の一員が姿を現す。

翠蓮が背を伸ばして姿勢を正したと同時に、橙色のオウムが声を発した。

『候補者たちよ。一人ずつそれぞれ卵の上へ、右の手のひらを翳すのだ。決して卵には触れぬように、慎重にな。可否は、卵が応えてくれよう』

オウムの言葉に、翠蓮はコクンと喉を鳴らして小さくうなずく。

自分を孵す抱卵役と養育者を、卵自身が選ぶのだ。

選択される基準は、誰にもわからない。

だから、こうすれば有利だという事前の根回しは一切できず、ただ卵の選択を受け入れるのみだ。

一人ずつ名指しをされ、卵に手を翳してその判断を仰ぐ。

翠蓮の前に挑んだ四人はすべての卵に拒否され、抱卵役に選ばれることは容易ではないのだと再認識させられた。

『翠蓮』

「はい」

橙色のオウムに名を呼ばれた翠蓮は、ゆっくりと足を踏み出す。平静を保っているつもりだけれど、今にも倒れそうなほど動悸が激しかった。

ドクドクと激しい脈動を耳の奥で感じながら、一番手前にある台座の鳥籠に向き合う。

鳥籠の中央に鎮座した白い卵は、不思議な光を纏っているように見えた。これまで目にしたことのある、どんな卵とも違う。
翠蓮が、事前にこの卵がどのような存在なのか知らなかったとしても、特別なものだという
ことは一目で察せられただろう。
翳すように言われていた右手は、翠蓮がそうしようと頭で考えるより先に動いていた。まる
で、卵に導かれるようにその上に伸び……直接触れていないのに、卵全体が放つ仄かなぬくも
りが伝わってくるようだ。
翠蓮の頭からは、選ばれますようにという願いや緊張がすべて掻き消されていた。ただ、静
かに佇む卵に視線を吸い寄せられ、目を逸らすことができない。
そうして、卵を見詰めて手を翳していた時間は、ほんの数秒だったはずだ。けれど、翠蓮に
とっては恐ろしく長い時間が過ぎたようで……後に思い返せば、逆に一瞬だったようにも思う。
見詰めている卵がぼやっとした蒼い光を放ち、ハッと我に返った。
『卵は、そなたを選んだ。翠蓮、よいな』
一部始終を眺めていた橙色のオウムの声が、卵と二人きりで切り取られた空間にいるような
不可解な感覚に包まれていた翠蓮を、急激に現実へと引き戻す。
「……はい。光栄でございます」
冷静な声を発することができた自分が、不思議だった。
ふわふわとした心地から抜け出せないまま、鳥籠を抱えた元老院の老紳士に「こちらへ」と

促されて奥の小部屋へと移動する。

美しい、蒼い光だった。

あの蒼が意味するものは、知っている。

「蒼鷲様……」

翠蓮が零した名は、蒼い光を放った卵の主、この国の王位継承権を有する五番目の王子のものだ。

その人物の気質として漏れ伝わる噂は、不確かなものばかりで真に受けることはできない。ただ、少し離れたところからでも際立つという、漆黒の髪に蒼い瞳の気高い容姿は間違いないだろう。

みなが望んでいた「朱」よりも、遥かに困難だろうという想像ができる。逆に考えれば、だからこそ成功させれば多大な称賛を浴びるはずだ。

きっと、家の格にも箔がつく。

つい先ほど目にした、卵が放つ印象的な「蒼」を思い浮かべ、深呼吸で過ぎたる高揚を抑えた。

《一》

「では、こちらへ。離宮に案内しよう」

「よろしくお願い申し上げます」

　頭を下げた翠蓮が両腕で抱えた銀の鳥籠は、その中央に卵の放った光と同じ蒼い天鵞絨が敷かれて卵が鎮座している。

　緊張のあまり手が震えそうになっていることを感づかれないよう、ギュッと奥歯を噛んで真っ直ぐに前を見据えた。

　翠蓮の数歩前を歩くのは、案内役の黒烏と名乗った騎士だ。長剣を携え、堂々と王宮内を歩く姿は凛々しい。

　骨格が頑健とは言い難く、身長も伸び悩み……体格に恵まれなかった翠蓮は、騎士の役に就くことを諦めている。

　でも、子供の頃は王宮での行事の際にずらりと並ぶ騎士団に目を輝かせ、いつかあの中の一員となりたいなどと憧れたものだ。

　それも、自分の置かれた状況を解する頃には、適性があったとしても不可能な望みであり……不適格でよかったのかもしれないと、今となっては思う。

仕方がないと自分に言い聞かせ、諦めることには慣れているが……。

「今の時間だと、このあたりに……」

真っ直ぐに背を伸ばして大股で歩いていた黒烏は、離宮の角を曲がって庭の奥を覗き込む。

その後に続いて角を曲がりかけた翠蓮を、黒烏の腕が遮った。

「待て」

え？　と首を捻ったと同時に、キラリと光るなにかが目の前を横切った。咄嗟に両手で持っていた鳥籠を胸に抱き込み、背中を屈める。

そうして防御姿勢を取って身構えたけれど、特になにかが起こるようでもない。

黒烏と自分の前を横切って地面に突き刺さったものは、なんだろう。その正体を確かめなければ、完全に気を抜くことはできない。

翠蓮は黒烏の背後から顔を覗かせると、恐る恐る地面に視線を落とした。

「ッ！」

見慣れないそれが、銀色に輝く細身の剣だと理解したと同時に肩を強張らせる。

ここは、堅牢な門と警備に護られた城内だ。こんな物騒なものが不意に飛んで来るなど、あり得ないはずで……。

どうなっているのだと、翠蓮の前に立つ黒烏に尋ねようとしたけれど、声を出していいものかどうかわからない。

今、翠蓮がなにより護らなければならないものは……腕に抱えた銀色の鳥籠、そこにある大切な卵だ。

「午後には、抱卵役を案内するとお伝えしていたはずですが……ずいぶんな歓迎ですね、蒼鷺様」

身構える様子もなく淡々とした調子でそう口にした黒鳥に、翠蓮は言葉もなく目を瞠る。

蒼鷺様が、レイピアを投げつけて来たということか？

「おまえが、気配を殺して近づいて来るからだ。先に声をかけろ」

黒鳥に答えた青年の声は、低く落ち着いたもので意外にも耳に心地いい。姿は見えないが、剣呑な空気は感じなかった。

でも、だからこそ、レイピアという武器を投げた状況との落差が恐ろしい。

「それは、申し訳ございませんでした。ですが、周りがすべて敵というわけではないのですから、物騒な物を飛ばすのは控えてください」

地面に斜めに突き刺さっているレイピアを抜いた黒鳥が、少し呆れたような調子でそう言いながら蒼鷺様と呼びかけた相手に柄の部分を向ける。

翠蓮を振り向き、「こちらへ」と手招きされて小さくうなずいた。

その角を曲がったところに立っているのが、蒼鷺様。

翠蓮が選ばれた青い光を放つ卵の主であり、卵を孵して成鳥となるまでのあいだ寄り添うことになる御方だ。

事前に耳に入っていた噂では、粗暴で気分屋、逆らう相手を斬って捨てる非情な性格だと語られていたけれど、実際に逢ってみないことには判断できないと思っていた。

誇張された大袈裟な噂なのだろうと、どちらかといえば楽観的な気分だったのだが、レイピアを投げつけられたことで緊張が高まる。

離宮の角を曲がり、銀色の鳥籠を胸に抱いて頭を下げた。

「翠蓮と申します。名誉ある、蒼鷲様の守護鳥の抱卵役を仰(おお)せつかりまして……」

「堅苦しい口上は不要だ。顔を上げろ」

「……はい」

挨拶(あいさつ)を遮られた翠蓮は、うつむけていた顔を言われるがまま上げる。

でも、正面から顔を合わせるなど失敬なのでは、と。蒼鷲の言葉に従うのが正解だったのかどうか迷って、視線を泳がせた。

「黒烏。おまえはもう、下がっていい」

翠蓮に目を向けることなく、無愛想な声でそう口にした蒼鷲は、翠蓮の隣に立つ黒烏を追い払う仕草で手を振った。

邪険に命じられた黒烏は、恭しく腰を折って応える。

「御意。では翠蓮、私はこれにて」

「あ、案内してくださり、ありがとうございました」

身体の向きを変えかけた黒烏にお礼を告げると、視線を合わせた翠蓮にかすかな笑みを浮かべて去って行った。

蒼鷲と翠蓮、翠蓮が抱えた銀の籠に鎮座する卵だけが、庭に残される。沈黙を気まずく感じる間もなく、蒼鷲が大きく足を踏み出して距離を詰めて来た。

「翠蓮か。銀の髪に、菫の瞳……ふん、悪くない。歳は？」

「十八になりました」

「もうすぐ十九になる俺と、変わらないのか。そのわりに……」

言葉を濁した蒼鷲は、鳥籠を抱えた翠蓮の頭を大きな手で掴むようにして顔を仰向けさせると、まじまじと見詰めて来る。

きっと、小さいとか細身だとか、幼いと続けようとしたのだろう。似た年頃の同性から、その手の言葉を投げつけられることには慣れている。

変わらない年齢だという蒼鷲との体格の違いは、頭一つ分では済まない身長差からして歴然としている。ここまで差異があれば、羨みや劣等感さえ湧いて来ない。

顔を覗き込むように見下ろして来るせいで、否応もなく視線を絡ませることになり、翠蓮は息を呑んで蒼鷲を瞳に映した。

噂通りの、漆黒の髪は……どれほど鮮やかな色であろうと決して染められないと、意志の強さを示しているようだ。翠蓮を凝視する瞳は、これまでどんな高価な宝石でも見たことのない、深い蒼だった。

しばらく無言で翠蓮を見据えていた蒼鷲は、ふっと唇に微笑を浮かべる。

緻密に整った容貌のせいか、表情がなければ恐ろしく冷淡な冴え冴えとした空気を纏っていたのに、わずかな変化で途端に威圧感が和らぐ。

魅惑的な表情だと感じた直後、蒼鷲の口からは予期しない台詞が吐き出された。

「身なりからして、貴族だろう。しかも、その年と容姿で……未経験か？　飽きるほど伸ばされただろう誘惑の手から、どのように逃れた？」

じわじわと頬に血が上ったのは、無遠慮な問いに対する憤りよりも、言い当てられたことへの羞恥だ。

王族の抱卵役は、心身共に清らかでなければならない。

その大前提は当然のことながら蒼鷲も知っているはずなのに、わざわざ翠蓮自身の口から語らせようとしている。

悪趣味なことを、と。

普段の翠蓮なら、不躾な手を払い除けて突っ撥ねる場面だ。けれど、蒼鷲が相手では身動ぎさえできない。

「ふーん、いいな。羞恥と苛立(いらだ)ちを必死で抑えようとしているが……気の強さを隠しきれていない、真っ直ぐな目だ」

なにが蒼鷲の琴線(きんせん)に触れたのか、なんとも楽しそうな目と声だ。

ただ、翠蓮の頭を鷲掴(わしづか)みにしている大きな手は、噂で聞いていたほど乱暴ではない。粗野なようでいて、きちんと力を加減していることが伝わって来る。

「離宮へ案内しよう。ソレが孵化(うか)するまでのあいだ、おまえと俺は寝食を共にすることになるんだ」

「……よろしくお願い申し上げます」

「堅苦しいのは好かん」

翠蓮の挨拶を一言で突っ撥ねると、先に立って歩き出す。

気配なく背後から近づいたというだけでレイピアを投げつけるほど、周囲を警戒している割に無防備な、と。

翠蓮の考えたことが伝わったかのような頃合いで、蒼鷲が振り返る。

「おまえが俺の寝首を掻く気なら、容易(たやす)いな」

薄く笑みを浮かべて投げつけて来たその一言は、ただ思うままを口にしたのか……牽制(けんせい)なのか、今の翠蓮に読み取ることはできない。

黙殺するのは不敬であり、この場で返すことのできる言葉は、

「とんでもございません」

それだけだった。

ふんと鼻で笑われて正面に向き直った蒼鷲の態度からは、どう答えるのが正解だったのか推測することさえできなかった。

気分屋で、乱暴で、気に入らない相手は容赦なく排除する。

そのように噂されている蒼鷲は、覚悟していたよりも大変そうだ。だからといって、翠蓮は「やはり無理です」と白旗を揚げることなど不可能だけれど。

翠蓮は、銀の鳥籠をギュッと抱くことで湧き上がる不安を抑え込む。

「あ……れ？」

そんな翠蓮の思いが伝わったかのように、白い卵がかすかに蒼く光ったように見えて、目をしばたたかせる。

見据えた卵には、特段の変化はない。でもまるで、気負いすぎないでと慰められたかのように感じて、肩の力を少しだけ抜いた。

蒼鷲に案内された離宮は、華美な装飾が施されているわけでなければ豪華絢爛（ごうかけんらん）な調度品もない、落ち着いた空間だった。

大きな窓に面して設置された寝椅子に腰かけた蒼鷲が、「そこに」と視線で翠蓮にも掛けるよう促す。

少し躊躇った翠蓮は、銀の鳥籠を抱えたまま寝椅子の端に腰を下ろした。

「おまえは、王族の守護鳥……抱卵役について、どの程度詳しく知っている？」

蒼鷲に問われた翠蓮は、スッと息を吸い込んで事前に頭に叩き込んである「守護鳥」と「抱卵役」に関する知識を述べた。

「守護鳥は、王族の方たちにとって大切な護り……御身のため、なくてはならない存在です。生誕時に手の中に握っていた『卵』は、抱卵役によって孵す以外になく、決定権は当の『卵』にあります。無事に孵化した雛の成長には、抱卵役の『涙』が不可欠です。羽が生え揃うまではそれ以外のものから栄養を得ることはできず、抱卵役は守護鳥の孵化にも生育にも重要な存在であり……」

「もういい。通り一遍の知識は得ているようだな。いかにも育ちのよさそうな優等生で、……可愛げがない」

わざわざ翠蓮と視線を絡ませた蒼鷲は、目を細めて最後の一言を付け足す。

翠蓮の反応を見極めようとしていることがわかっていたから、表情を変えることなく短く答えた。

「申し訳ございません。ですが、抱卵役としてのお役目には支障がないはずですので」

「俺が、つまらねぇって言ってんだよ」

　翠蓮の言葉を遮った蒼鷲は、身を乗り出して来て翠蓮が膝に抱えている銀の鳥籠を取り上げる。

　立ち上がり、寝椅子の脇にある台に鳥籠を引っ掛けると、座面に片膝を乗り上げて背の部分に右手をつき、翠蓮を見下ろしてきた。

　真っ直ぐに見据えて来る深い蒼の瞳は、夜の帳（とばり）が下りつつある空の色だ。

　間もなく漆黒の夜が訪れる、その直前……わずかな瞬間の美しさを映すかのようで、魅入（みい）られたかのようになり目を逸らすことができない。

　蒼鷲は、翠蓮が目を逸らさないことにかすかな笑みを浮かべて、口を開く。

「俺の目に怯（ひる）まないとは、いい度胸だ。……その外見で、貴族の息子か。さぞ、周囲から持て囃（はや）されて来たんだろうな」

　冷たく感じる蒼の瞳でジッと見下ろして来る蒼鷲の真意は、翠蓮には読み取ることができない。ただ、できる限り神経に障らないよう対応するのみだ。

　無言は失敬だろうと、ぽつりと言葉を返す。

「……とんでもございません」

　蒼鷲は、翠蓮の返答に眉根を寄せてチッと舌打ちをする。

機嫌を降下させたのはわかるが、先ほどの答えのなにが気に入らなかったのだろう？

実際に、翠蓮は自分の容姿が突出していると感じたことはない。

髪も瞳の色も、より彩り豊かで鮮やかなものを美しいとするこの国の首都で、少しだけ他者の目を引くらしいとは思うが。それが、得なのか損なのか……翠蓮自身には、どちらともいえない。

蒼鷲には、この容姿が気に障るのだろうか。

しかし、ついさっき庭で顔を合わせた際、銀の髪に菫の瞳は「悪くない」と言ってくれたはずだ。

どう接すれば蒼鷲の機嫌を損ねないのか、まったくわからない。

顔には出していないつもりだが、困惑する翠蓮に蒼鷲は小さく息をついて、寝椅子に乗り上げていた膝を下ろした。

ようやく蒼い瞳の束縛から逃れることができ、意識することなく強張っていたらしい肩から力を抜く。

「まぁいい。重要なのは、ソレを無事に孵化させて育てることだ。名は、蒼樹（そうじゅ）という。翠蓮、おまえに任せた」

「御意」

卵の鎮座する鳥籠を掛けた銀の台に視線を遣り、「蒼樹」と教えられたばかりの名を心の中で繰り返す。

蒼鷲様の、守護鳥。蒼樹。

今はまだ想像するしかないけれど、卵が放つ光と同じ……美しい、蒼い羽に包まれた鳥に違いない。

絶対に、孵化させる。そして、立派な成鳥に育て上げてみせる。

翠蓮は決意を新たにして、両手を握り締めた。

それが、自分の役目なのだ。

失敗は、決して許されない。

《二》

『しかと聞くのだ、抱卵役たちよ』

首を上下させて熱弁を振るう橙色のオウムは、抱卵役である自分たちの『指南役』だ。王族に従う守護鳥を統率する指揮官でもある。

膝に銀の鳥籠を抱えた翠蓮は、神妙な面持ちで橙夏の鮮やかな橙色の羽を見詰めた。

『王族にとって、守護鳥はもう一つの命のようなものだ。抱卵役であるお主たちの重要性は、自覚しているな?』

翠蓮は小声で「はい」と答え、チラリと横目で隣の椅子に腰かける少年を見遣った。

膝には、金色の鳥籠を抱えている。

翠蓮の持つ鳥籠に敷かれているのは蒼色の天鵞絨だが、その少年が抱えた金の鳥籠には深紅の天鵞絨が敷かれている。

色違いの天鵞絨に、それぞれ白い卵が包まれていることは同じだ。

『よいか、眞白(ましろ)よ』

「はっ、はい」

橙色のオウム、橙夏は翠蓮の隣に座る少年に呼びかける。黒い髪、黒い瞳……見るからに大人しそうな少年は、眞白という名前なのか。

翠蓮が蒼鷺の抱卵役に決まった後、蒼鷺の兄王子である朱凰の卵に選ばれたようだ。

王族の守護鳥や抱卵役について事前知識のある翠蓮とは異なり、オウムである橙夏が流暢にしゃべり出したことに驚いたらしく、目を白黒させていた。

バササッと羽音が響き、止まり木にいた橙夏が飛んで来る。眞白の抱えている金の鳥籠の天辺に着地して、その顔を覗き込む。

『孵化に最適なのは、月の加護を受ける夜。満月の魔力を借りるのだ。翠蓮、孵化した雛に一番に与えるものは？』

首をこちらに回して尋ねて来た橙夏に、翠蓮は表情を変えることなく答えた。

「僕の涙です。守護鳥の雛は、抱卵役の涙からしか栄養を得られません」

『その通り！　良質の涙は、美しいものに触れることにより育まれる。清廉な涙が最もよき糧となるのだ！』

首を上下させて熱弁を振るう橙夏は、翠蓮から顔を背けて眞白に意識を向けた。

『翠蓮に教えることは、あまりなさそうだな。眞白』

名前を呼びかけながら、鋭い嘴で眞白の鼻先を指す。背を伸ばした眞白の緊張は、翠蓮にまで伝わって来た。

「はいっ」

『そなたは、教えがいのある生徒でなにより。抱卵役は、重要な役目を担う。しかし残念ながら……孵化のためにできることは、さほど多くない。慈しみ、心より卵に信頼されることが重要だ』

「はい」

「承知しております」

当然だとうなずいた翠蓮の隣で、眞白は面(おもて)に不安を滲(にじ)ませて小声で返事をした。

橙夏にとって、なにも知らなそうな眞白が教えがいのある生徒なら、翠蓮は教育の手間のかからない優等生と位置付けられたようだ。

それでいい。抱卵役という役目があることを知った日から、いつかその役に就くことを目標にして来たのだ。

ただ、肝心の卵に選ばれる基準がどのようなものなのかは、どれほど調べてもわからなかった。

誰に聞いても、明確な答えは得られず……運を天に任せた賭けだったのだ。

抱えた鳥籠の中、蒼い天鵞絨に包まれた蒼樹を見詰めて、心の中で「選んでくれてありがとう」と告げる。

卵に指先で触れて何度も繰り返した言葉だけれど、そのたびにかすかな光を放っているように見える。

可愛い。それに、翠蓮の呼びかけに応えてくれているようで、嬉しい。

緩みそうになる頬を引き締めて卵から目を離したところで、窓の外からカンカンと鐘を鳴らす音が聞こえて来た。時報の鐘だ。

橙夏が、バサリと羽を広げる。

『昼だな。今日はこれまで。なにか困ったことがあれば、いつでもどんなことでも私に知らせよ。三年振りに得た王鳥の孵化の好機なのだから、無事に孵すのだ』

翠蓮は、緊張を察せられないよう声の震えを抑えて小声で「はい」と返す。隣の眞白は、頬を強張らせて無言で首を上下させた。

大きく羽ばたいた橙夏が窓から出て行き、橙夏の独擅場だった王宮の小部屋がシンと静まり返る。

翠蓮と眞白、それぞれが抱えた鳥籠の卵のみが残された。

「眞白は、本当になにも知らないのだな」

チラリと横目で眞白を見遣り、わざと嫌みな言い回しをする。

暢気そうに、今になって大変な役目だと気づいた……という顔をしている眞白を見ていると、苛立ちが込み上げる。

「う……うん。翠蓮さんは、いっぱい知っててすごいね」

自信がなさそうに笑いながら素直に無知であることを認める眞白に、ますます神経を逆撫でされた。

抱卵役が、どれほど重要な役目か知らしめてやりたい。自分と同じくらい、重圧に苦しめばいいのだ。

のほほんと笑って鳥籠を抱えている眞白に、そんな意地の悪い気分が湧いて来る。

「王族の守護鳥の抱卵役は、名誉だからな。貴族でもない……田舎者が抱卵役だなんて、前代未聞だ。それも、これまで誰も寄せつけなかった、朱凰様の卵に選ばれるなんて」

「朱凰様の卵……が？」

その意味がわからないと、きょとんとした顔で聞き返して来た眞白に、翠蓮はこれ見よがしにため息をついた。

眞白をジロリと睨んで、どうやら本当に知らないらしい抱卵役の重要性を教えてやる。

「朱凰様は、文武両道かつ眉目秀麗……王位継承権こそ下位ではあるけれど、為政者としての資質は飛び抜けている。誕生した守護鳥によっては、王位継承順位が繰り上がる可能性もある。けれど、二十三になられる今まで抱卵役が現れなかった。ようやく得た孵化の機会なのに、眞白のような世間知らずの頼りない田舎者が抱卵役だなんて……腐卵になれば、どう責任を取るつもりだ」

畳みかけた翠蓮の台詞に、眞白は声もなく顔色をなくす。

ようやく、抱卵役がどんな意味を持つのか……卵の孵化に対する責任の重さも、実感したようだ。

「ふ……ふらん？」

一番引っ掛かったらしい言葉を、恐る恐るといった様子で聞き返して来た。

不安そうな顔の眞白に、ギリッと奥歯を噛む。

眞白が抱えている鳥籠の卵の主、朱鳳は、ずいぶんと眞白を甘やかしているようだ。抱卵役がどれほど責任重大なのか、敢えて眞白自身には聞かせていないらしい。

翠蓮は、親切心で教えてやるのだという顔をして、『腐卵』について説いた。

「抱卵役を得た後、月が欠け……再び満ちるまでのあいだに孵化しなければ、卵は腐卵となる。卵が光を放っただろう？　あれは、孵化の合図でもあり……腐卵となるまでの時限装置でもある」

「そ、そんな」

青褪(あおざ)めて絶句した眞白を目にして、ほんの少しスッキリとした気分になった。

翠蓮は、抱卵役を射止めた喜びと同じだけ、不安を抱え続けてきたのだ。唯一、同じ不安と重圧を感じることのできる存在である眞白にも、同じ思いをさせてやりたいというこれが、ひねくれて歪(ゆが)んだ仲間意識だということは自覚している。

顔色をなくした眞白を前にしたら、もっと爽快(そうかい)な気分になるかと思っていたのに……何故(なぜ)か、胸の奥が苦しい。

翠蓮は、フンと鼻を鳴らしてモヤモヤを振り払う。チラリと目にした眞白から視線を逸らすと、銀の鳥籠を抱えて椅子から立ち上がった。

「……健闘を祈る」

そんな一言を残して、廊下に出た。

無言で廊下を進み……周りに視線を巡らせて誰もいないことを確認して立ち止まると、鳥籠を抱える手に力を込める。

「蒼樹……僕、ものすごく意地悪なこと言っちゃった。だって、あんな……暢気に笑ってて、イライラした。抱卵役に、もっと真剣に取り組めよって思わない？」

卵に同意を求めたところで、なにも返って来るわけがない。そうわかっていても、苦しくて吐き出さずにいられなかった。

眞白に八つ当たりした自分の狭量さが、腹立たしい。

自己嫌悪にうつむく翠蓮の目に、卵がほんの少し動いたように映ったけれど……抱えている鳥籠を、揺らしてしまったせいかもしれない。

「朱鳳様はもともと温和な方らしいし、眞白にも優しいんだろうな。素直で純朴そうだから、可愛がりたくもなるか」

異母兄弟である蒼鷲とは、外見の印象も内面も正反対だと言われている王子を思い浮かべて小さく息をつく。

腐卵のことさえ教えずに、眞白を気遣い……卵と共に、懐へとそっと包み込むように接しているに違いない。

本当に、蒼鷲とは正反対だ。

蒼鷲は、「蒼樹のことは、おまえに任せていたら大丈夫そうだな」と言い、ほとんど話しかけて来ることもない。

このチクチクとした感情は、なんだろう。自分も、蒼鷲に優しい言葉をかけてもらいたいのか？

「腑抜けたことを」

そう思い浮かんだ直後、甘えたことを考えるなと自分を叱咤した。

今、なによりも重要なのは、この鳥籠の中にある卵「蒼樹」を無事に孵して立派な成鳥へと育て上げることだ。

それが役目であり、今の自分が唯一できることなのだから、余計な雑事に気を取られるなど時間の無駄だ。

唇を引き結んだ翠蓮は、銀の鳥籠をしっかり両腕で抱えて歩みを再開させる。

抱卵役に選ばれたことは、誇りである。重圧を感じているなどと誰にも感づかれるなと、真っ直ぐに顔を上げて城の廊下を歩いた。

□□□

夜の離宮は、静かな空気が満ちている。

寝椅子に座って葡萄酒を飲んでいる蒼鷲が、湯浴みを終えて自室へ向かおうと通りかかった翠蓮を振り向いた。

「翠蓮。蒼樹はどうだ。孵化の兆候は？」

「……御覧になりますか。鳥籠を持って来ます」

抱卵役に選ばれて、蒼鷲の離宮で過ごし始めてから今夜で三日になる。

翠蓮がいてもいなくても変わらないとばかりに気ままに過ごしている蒼鷲が、翠蓮に話しかけて来ることは珍しい。

なにより、蒼樹について尋ねて来たのは、初めてだった。

傍仕えや警備の兵が控えるためのものなのか、奥の小部屋が翠蓮の私室となっている。続きの扉を入ってすぐ、銀の台に掛けてある鳥籠を手にして蒼鷲の元へ戻った。

灯明台に吊るした灯明の光が、蒼鷲をぼんやりと照らしている。漆黒の髪は、淡い橙色に染まることなく存在を主張していた。

「失礼します」

蒼鷲の脇に膝をつき、銀の鳥籠を掲げる。蒼鷲は無言で……沈黙に息苦しさを感じ始めた頃になって、不意に籠を取り上げられた。

「あ……」

扉を開くと、無造作に小さな卵を取り出す。大きな手が卵を鷲掴みにする様を、ハラハラと見守った。

大丈夫。守護鳥の卵は、通常の鳥の卵よりもずっと頑丈なはずだ。なにより、主である蒼鷲がどのように触っても割れるわけがない。

そう自分に言い聞かせている翠蓮の前で、蒼鷲は手のひらで転がしたり、指で摘まんで下から覗いてみたりと卵を検分する。

乱暴に扱わないでくださいと、喉元まで込み上げてきた苦情を、ギリギリのところで抑え込むのに苦労した。

一通り眺めて気が済んだのか、蒼鷲は卵を左手で包み込むように握って目を逸らした。

「ふ……ん。特に変わりはないな。満月までには孵ると思っていたが」

チラリと視線を向けた窓の向こうでは、半月から満月へと太りかけた月が深い紺色の夜空に浮かんでいる。

橙夏も言っていたが、満月の魔力は強力だ。

月の力を借りて孵化を促すと、理屈ではわからなくはないけれど……具体的にどうすればいいのか、橙夏はそこまで教えてはくれない。

「孵化に失敗すると、腐卵になる……か。俺なら、さもありなんといったところか。元老院のジジイどもは、どんな凶暴な鳥が孵化するやら戦々恐々としているだろうからな。翠蓮、おまえにとっては孵化させないことこそが手柄かもしれんぞ」

左の手のひらに乗せた卵をチラリと見下ろしてそう口にした蒼鷲は、ふっと皮肉な笑みを浮かべる。

床に敷かれた絨毯に膝をついている翠蓮は、頭に血が上りそうになるのを必死で抑えて蒼鷲に答えた。

「お言葉ですが、僕が必ず蒼樹を孵します」

「……言い切ったな」

翠蓮を見下ろした蒼鷲は、深い蒼色の目を細めて唇に薄い笑みを浮かべ、あからさまに面白がっている表情を見せた。

大きな手の中に卵を握る蒼鷲に、先ほどは堪えた「乱暴な扱いをするな」という言葉がまたしても込み上げて来て、なんとか呑み込む。

「きちんと孵して、立派な成鳥に育てるとお約束します。誰にも、蒼樹を……蒼鷲様も、侮辱させません」

それが、抱卵役として選ばれた自分の責務だ。

蒼鷲の卵だから、きちんと孵化せず腐卵となるのだ……などと、誰にも言わせない。

長い指に包まれた蒼樹を見据えながら口にすると、蒼鷲は端整な顔に皮肉の滲む笑みを浮かべた。

「侮辱か。貴族の息子なら、城での勉強会や剣の鍛錬会に参加しているはずだ。俺の評判を知っているだろう？」

翠蓮はどう答えればいいのかわからず、曖昧に視線を逸らして唇を引き結んだ。

蒼鷲様は、乱暴な荒くれ者で侍従でさえ寄せつけない。

どんな時も自分勝手に振る舞い、温和で賢い異母兄の朱鳳様とは正反対の粗忽者。

能力的には朱鳳様のほうが優れているのに王位継承権が朱鳳様より上位なのは、母君が高貴な出自であり正妃だから。

そんなふうに語られていることは、知っている。当然、蒼鷲のいないところで……なのだが、当人の耳にまで届いているのか？

言葉にできなかった翠蓮の疑問に、蒼鷲はクククッと肩を震わせて答えた。

「おまえをここまで案内した黒烏とは、従兄弟でな。あいつには王位継承権こそないが、貴族の一員だ。貴族の子息を集めた勉強会にも、機があれば参加している。上流階級の人間は、男も女も小鳥のようによくしゃべる」

抱卵役に選ばれた日、翠蓮を離宮の庭まで案内してくれた黒髪の騎士を思い浮かべて、納得した。

なるほど。勉強会の際に面白おかしく語られている噂を耳に入れた黒烏が、蒼鷲へと進言していたということか。

勉強会は、貴族の義務として翠蓮も参加している。ただし、あまりにも下品な噂話が飛び交う場に辟易(へきえき)として三回に一回は欠席していた。

黒烏の姿が記憶にないのは、同世代の子女の輪に入ることなく独り淡々と書物に取り組み、疑問があれば指導役として参加している老師に教えを請(こ)い……と、周囲を遮断していたせいだろう。

剣の鍛錬会は、体力のなさを自覚して不適格だと悟り、早々に参加しなくなった。

「蒼樹がどのような資質の鳥なのか、わからんだろう。俺に似て、凶暴かもな。嘴で突いて、その手を傷だらけにするかもしれん」

左手に卵を握った蒼鷲が右手を伸ばして来て、翠蓮の手首を掴む。両手に持ったままだった鳥籠を取り上げられ、絨毯の上に置いた。

翠蓮の手をジッと見下ろした蒼鷲は、ふっと鼻で笑う。

「細い指だ。鋭い嘴で突かれれば、呆気(あっけ)なく皮膚(ひふ)が裂ける」

「それでも……この手に包み込み、慈しみます。蒼鷺様の大切な守護鳥です」

不敬だと叱られるだろうかと思いつつ、翠蓮の手のひらを突いた蒼鷺の人差し指を、そっと握る。

蒼鷺は不快感を示すでもなく、翠蓮の手に指を握られたまま口を開いた。

「……豪語するからには、なにがあっても途中で投げ出すな。護りがなければ、俺は王都の外に出ることもできん。死ぬまで狭い世界に閉じ込められるのは、ごめんだ」

強気な表情は変わらない。口調も傲慢なようでいて、その実ほんのわずかに不安が含まれていることに気がついた。

窮屈な世界に閉じ込められるのは苦痛だと零したそれは、きっと蒼鷺の本音だ。

「もちろんです。蒼樹のため、蒼鷺様のため……孵化させます」

「期待せず、行く末を見届けることにしよう」

そう口にしてパッと手を引いた蒼鷺は、左手に持っていた卵を翠蓮に向かって投げるようにして手放す。

「なっ、ん……ッ！」

慌てて卵を受け取った翠蓮は、咄嗟に「なんてことをするんだ馬鹿」と口走りそうになり、グッと奥歯を噛んだ。

狼狽する翠蓮の様子がおかしかったのか、蒼鷺はクックッと肩を揺らして笑っている。慌てる姿を笑うなど、悪趣味な人だ。

「満月までには、まだしばしある。翠蓮、おまえも葡萄酒をどうだ？」

「もったいないお言葉ですが、僕はこれにて失礼します。蒼樹も驚いているかもしれませんし、休ませてあげてください」

乱暴な扱いに殻の中で怯えているかもしれないだろうと、言外に嫌みを含ませて差し向けられた葡萄酒の杯から身を引く。

遠回しな非難を感じ取っているのか否か、蒼鷺は笑みを滲ませたまま「次はつき合え」と寝椅子の背に身体を預けた。

会話を思い出してもなにがそれほど楽しかったのかわからないが、先ほどよりもずいぶんと機嫌がよさそうだ。

ため息を堪えた翠蓮は、小さな卵をそっと鳥籠の中……天鵞絨の中央に置いて、跪いていた床から立ち上がった。

「御用がありましたら、お呼びください」

「寝る子は育つというからな。しっかり休めよ」

笑みを含んだ一言は、嫌みに違いない。

この骨の細さでは、もうさほど育つとは思えない。翠蓮も自覚して諦めているし、蒼鷺も察しているはずだ。

「……失礼します」

翠蓮は、無表情を保つことで苛立ちを隠して頭を下げると、銀の鳥籠を抱えて隣の小部屋に下がった。

「おやすみ、蒼樹」

専用の台に鳥籠を掛け、小声で挨拶をして寝台に向かう。そろりと身体を横たえると、蒼鷲に掴まれた手首を自分の手で握った。

蒼鷲の手とは、感覚が全然違う。

長い指……大きな手だった。あの手に包まれた蒼樹は、なにを感じただろう。孵化を願う、優しい感情ならいいのだが。

「噂通りかと思えば、ちょっと違うみたいで……やっぱり横暴かもしれない。まだ、よくわかんないな」

自分勝手に振る舞っているようでいながら、意外なくらい周りをよく見ている。自身に関する噂も客観的に捉えており、不機嫌になるよりも面白がっているくらいだ。

これまで、ほとんど話しかけて来ることなく翠蓮の存在を無視していたのに、どうして急に構おうという気になったのだろうか。

「やっぱり……蒼樹のことを、気にかけていないわけじゃないんだよな。自分のため……も、あるかもしれないけど」

そのためだけに、というわけでもなさそうで……不思議な人だ。

警戒心の強い猫が、自分の陣地に入って来た翠蓮の存在に徐々に馴染んで探りを入れて来たかのようだ。

「猫……っていうより、もっとずっと大きな獣って感じだな」

実物を目にしたことはないが、書物に描かれた絵で目にしたことのある……猫によく似た、真っ黒な野生の大型猛獣のようだ。しなやかで優美な姿も、容易に馴れ合おうとしないあたりも、よく似ている。

真っ直ぐに見据えて来る蒼い瞳が目の前をチラついて、瞼を閉じてもなかなか眠りに落ちることはできなかった。

《三》

見上げた夜空に浮かぶ月は、数日のうちに満ちるはずだ。

籠から取り出した卵……蒼樹は、まだ孵る様子はない。なにより、孵化の兆候がどんなものなのか翠蓮にはわからないのだ。

「蒼樹。聞こえる？　そろそろ、殻を破って出ておいでよ。それとも、殻の中はそんなに居心地がいい？」

両手で包み込むように卵を持ち、語りかける。

翠蓮の声が、固い殻に包まれた卵の中にまで聞こえているかどうかは知る術がない。

でも、こうして話しかけると卵がほんのりとぬくもりを帯びるように感じるのだ。だから、無駄ではないはず。

「殻の外は、怖い？　大丈夫だよ。僕が護ってあげるから、だから……」

両手に包んだ卵にそっと額を触れ合わせたところで、蒼鷲の部屋から物音が聞こえて来た。

翠蓮の私室との境である戸口から顔を覗かせて、「お帰りなさいませ」と声をかける。

「まだ起きていたのか」

湯浴みを終えたらしく、寝間着姿だ。黒い髪はいつにも増して艶やかで、まだ乾ききっていないことが見て取れる。

どこでどう過ごしていたのか、蒼鷲の顔を見るのは朝餉の席を同じくして以来だ。橙夏による指導の後、眞白と共に昼餉を取って蒼樹の籠を抱えて離宮の庭を散策した翠蓮は、一人で夕餉を済ませて就寝の準備をしていた。

自身の守護鳥である蒼樹に対してあまりにも無関心な蒼鷲に、嫌みの一つでも言ってやろうかという気になる。

「蒼鷲様、お忙しそうですね」

「ああ？　まぁな。黒烏と剣技を研いていただけなのに、高いところに手が届かないからって薔薇園に連れ出されて薔薇の花摘みをやらされた。手だけでなく、髪や背中や……身体中が薔薇くさくなって参った」

湯浴みで、ようやく薔薇の匂いが消えた……と眉を顰めて言いながら、自分の腕の匂いを嗅いでいる。

薔薇園で、花摘みか。そんなふうに蒼鷲を連れ出したのは、きっと女性だろう。

ぶつぶつ言いながらでも、花摘みに手を貸したらしい蒼鷲に、胸の奥からムカムカとしたものが湧いて来る。

蒼樹にはほとんど声をかけてもくれないのに、女性に誘われたら薔薇園に繰り出すのか。

こんなふうに翠蓮が不快感を覚えるなど、立場的にあり得ないと頭では理解している。でも、蒼樹の孵化には蒼鷲の助力が必要なのだ。

蒼樹に、主である蒼鷲も心から孵化を望んでいるのだと伝わらなければ、きっと孵化してくれない。

「なんだ。蒼樹は孵りそうか？」

翠蓮が、手のひらに卵を乗せていることに気がついたらしい。ふとこちらに目を向けた蒼鷲が、大股で近づいて来る。

「いえ、それがまだ……」

小声で答えた翠蓮の言葉に、あと一歩を残して足を止めた。そして、途端に興味を失ったかのような口調で吐き捨てる。

「なんだ。まだか」

まるで、他人事だ。

表情を曇らせた翠蓮に気づかないのか、蒼鷲は大胆な欠伸（あくび）を零して続けた。

「ひと眠りするか。孵りそうになったら声をかけろ。孵化の瞬間には、主が立ち会わないといけないからな」

立ち会わなければならないというよりも、抱卵役と主の両方が揃わなければ孵化しない……と橙夏からは聞いている。

通常の鳥とは異なる速度で育つとはいえ、孵化直後の雛はか弱く脆く、親の如く無条件で自身を護ってくれる存在があるという安心感が孵化を促すのだ、と。

それなのに、蒼鷲はどうにも蒼樹に対して関心が薄いように思う。守護鳥がいなければ困ると、言っていたくせに……。

「鈍いな」

短く言い残して踵を返した蒼鷲に、ふっと目を細める。瞬時に頭の中が真っ白になり、勝手に言葉が口をついて出た。

「……の、だろ」

広い背中を睨みつけた翠蓮は、両手で蒼樹を包み込んで口を開く。

頭の片隅で、「ダメだ。抑えろ」とわずかに残った冷静な部分が制止しようとしたけれど、溢れ出した憤りは止められない。

「あ？　なんか言ったか？」

聞こえねぇよ……と暢気な顔で振り向いた蒼鷲に、我慢の手綱を手放した翠蓮は、ここしばらく溜めに溜めていた不満をぶつけた。

「あんたの卵だろっ！　もっと、蒼樹に構ってやってください！　橙夏さんも、守護鳥の卵は愛情がなければ孵化しないと言ってたんだ。主のあなたがそんな態度だから、蒼樹も委縮して孵化を躊躇っているんじゃないんですか？」

一気に吐き出した翠蓮は、はぁ……と肩で大きく息をつき、瞬時に全身の血の気が下がるのを感じた。

やってしまった。蒼鷲様を相手に、なんてことを……。

これまで、誰が相手だろうとここまで感情を波立たせることなどなかったのに、蒼鷲には翠蓮自身も知らなかった内面を引きずり出されてしまう。

「あ……あ、の」

どう言い繕っても、一度口に出した台詞は取り消すことができない。蒼鷲が無言で微動だにしないことが、なによりも恐ろしい。

縋る思いで手の中の蒼樹を見詰めていると、視界に大きな手が入り込んだ。

とんでもない不敬を働いたのだ。頬を打たれるだけでは済まされない……と覚悟を決めて、ギュッと目を閉じる。

たとえ蹴り倒されても、手の中の蒼樹だけは護らなければならない。腕を斬り落とされない限りは、この手に包んで蒼鷲の怒りから遠ざけよう。

翠蓮はそう身構えているのに、一向に衝撃は訪れない。

「っ……くくく、それがおまえの素か」

ポンと軽く翠蓮の手を叩き、大きな手のひらで包み込むように覆ったかと思えば……背中を屈めて、笑っている？

「えっ、あの……蒼鷲様……？」

目の前で揺れる漆黒の髪を唖然と見ていた翠蓮は、戸惑いに目を泳がせて蒼鷲の名前を呼びかけた。

懲罰の痛みを覚悟したのに、その代わりに大きな手のぬくもりを感じているなんて……どうなっているんだ？

「いつ堪忍袋の緒が切れるかと、その瞬間を待っていたんだが……なかなか頑張ったな。人形のように取り澄ました顔より、感情を露わにしたほうが魅力的だ」

面白がっていることを隠そうともしない笑みを浮かべたまま続けた蒼鷲に、ぽかんとしていた翠蓮はまばたきを繰り返す。

「わざと、僕を怒らせようと……？」

無関心なように振る舞っていたのも、卵を握ったり投げたりという乱暴な扱いも……翠蓮の怒りを煽ろうと意図しての行動だったということか？

戸惑いのあまり目を泳がせる翠蓮に、蒼鷲は曖昧に首を傾げて見せる。

「さぁな。その場の感情で動く愚か者かもしれないぞ」

そんなふうに言いながら、翠蓮を見る目は楽しそうだ。いつ翠蓮が感情を爆発させるかと、待ち構えていたという言葉は事実に違いない。

だから、無礼極まりない言葉を投げつけた翠蓮に不快感を示すことなく、ただひたすら楽しげなのだ。

蒼鷲の仕掛けた罠にまんまとかかった自分は、心底馬鹿ではないだろうか。

「とんでもない失礼を」

頭を下げて謝罪しようとした翠蓮の肩を、蒼鷲の大きな手が掴み、動きを制される。恐る恐る目を向けると、唇には微苦笑を滲ませていた。

「ああ、よせよせ。せっかく化けの皮を剥がしたんだ。被り直すな。四六時中共にいるのに、堅苦しいのは嫌いだと言わなかったか？　……それでいい」

確かに、「堅苦しいのは好かん」と聞いたような気はするが……。

これまでろくに言葉さえかけて来なかった蒼鷲の、あまりの変わりように戸惑っていると、両手に包み込んでいた卵がコツンと奇妙に震えるのを感じた。

「あ……！」

翠蓮は慌てて両手を開き、白い卵を注視する。

まばたきもせずに凝視していると、コツ、コツ……卵の内側から、確かな振動が伝わって来た。

「そ、蒼鷲様、卵……蒼樹が」

きちんと蒼鷲に伝えなければならないのに、それ以外の言葉が出て来ない。蒼鷲を見上げると、深い蒼の瞳と目が合った。

きっと、翠蓮は蒼鷲を見詰める目に不安を滲ませている。

つい先ほどまで、蒼樹に対する態度が冷たいと怒っていたのに、都合よく助けを求めるなど突き放されるかもしれない……。

「うん？　孵化の合図か」

そんな不安は、手元を覗き込んで来た蒼鷲が吹き飛ばしてくれた。真摯(しんし)な瞳で、翠蓮の手にある卵を見据えている。

抑えきれない動揺に上手く言葉が出ない翠蓮とは違い、蒼鷲は落ち着いている。

「ど、どうしよう」

「ここでは、よく見えんな」

つぶやいた蒼鷲は、小刻みに震える翠蓮の手を下から支えるようにして自分の手を添え、「こっちだ」と隣室に誘導した。

「座れ。手だけでなく、膝も震えているぞ」

台に掛けた灯明の光が届く寝椅子に翠蓮を座らせると、蒼鷲も当然のように腕が触れ合う位置に腰を下ろした。

翠蓮の手に乗っている、青白い光を纏う卵を覗き込むようにして二人で見詰める。

「蒼樹……」

孵化の合図と、孵化する際の注意点。孵化直後の雛に、なにが必要なのか。

それらすべてを事前に頭に叩き込んでいたのに、翠蓮の思考は真っ白に塗り潰されている。ただひたすら卵を凝視して、無事に孵ることを祈るしかできない。

小さな卵なのに、実際よりもずっと重く感じる。手の震えが大きくなり、卵を取り落としそうで怖い。

「翠蓮。落ち着け」

「……あ、蒼鷲様」

震える翠蓮の手を、蒼鷲の大きな手が包み込む。二人分の手の中で、青白い光を放つ卵が大きく揺れた。

カツン、と。

一際大きな音が響き、白い殻に針で突いたような穴が開く。

息を呑んで見守る翠蓮の前で、小さな穴からいくつものヒビが走り……穴の周りの殻が剥がれ落ちた。

「蒼樹」

小声で呼びかけた翠蓮に応えるかのように、殻の隙間から尖った小さな嘴が覗く。

「もう少し。頑張って」

殻の穴をこじ開けたくなるのを堪えて、コツコツと内側から殻を打ち破ろうとする蒼樹に声援を送る。

手の甲に、蒼鷲の手のひらのぬくもりを感じて……胸の奥が、じんわりとあたたかくなった。

そうして二人で見守り始めて、どれくらいの時間が過ぎただろう。

「あ、……蒼樹」

大きく割れた卵の殻のあいだから、小さな雛が這い出てきた。手のひらに爪の感触が当たり、こんなにか弱そうに見えるのに自らの脚で立とうとしているのだと、健気さと逞しさに高揚する。

その身を覆うまばらな産毛は、淡い水色だ。

「蒼樹。聞こえるか」

翠蓮は、生まれてすぐの雛になにを話しかけても返事などないはず……と思ったけれど、蒼樹は蒼鷲の呼びかけに呼応するかのような間合いで、かすかな鳴き声を上げた。

『……ピィ』

「答えた？」

唖然とする翠蓮に、蒼鷲は「当然だ」と返して来る。

「王族の守護鳥は、そこいらの鳥とは異なる。卵の中で孵化の準備をしている時から、外界の様子はある程度把握しているはずだ」

「こんなに小さいのに……」

翠蓮のつぶやきに返事をするかのように、手の上にふらふらと立ち上がった蒼樹は、先ほどよりも力強い声で『ピィ！』と声を上げる。

「空腹か？　蒼樹の糧……涙の結晶化には、卵の殻が必要だったな」

「あっ、はい」

翠蓮の手を包んでいた蒼鷲の手がスッと離れて行き、蒼樹が割ったばかりの卵の殻を指先で摘まむ。

そうだ。抱卵役の役目は、守護鳥が孵化して終わりではない。成鳥となるまで、育てなければならないのだ。

木の実や花弁、花の蜜を摂取するようになるまで、栄養として守護鳥が補給できるのは抱卵役の流す涙の結晶のみ。通常は液体の涙を結晶させるためには、孵化してすぐの殻を口にしなければならない。

「翠蓮、口を開けろ」

蒼鷲の手で口元に運ばれることに、畏(おそ)れ多い……と顔を引きかけたけれど、翠蓮の両手には蒼樹が乗っているのだ。蒼鷲に頼るしかない。

躊躇いつつ唇を薄く開くと、その隙間から固い殻を押し込まれた。

「一欠片(ひとかけら)で足りるか？」

もう一欠片……と、先ほどよりも大きな殻を口元に差し出される。

恐縮に肩を強張らせた翠蓮は、「蒼樹のため」と自分に言い聞かせながら、蒼鷲に差し出された青白い殻を口に含んだ。

蒼鷲が握ってもヒビ一つ入らなかった固い殻のはずなのに、舌に触れた途端しゅわっと溶けて消える。残るのは、仄かな甘みのみだ。

翠蓮が不思議な心地で目をしばたたかせていると、蒼鷲が顔を覗き込んできた。

「涙を流せ」

「と、言われましても……」

蒼樹のために必要だとわかっているが、なにもないのに泣くことは簡単ではない。それは、蒼鷲にもわからなくはないのだろう。

「難しいか。どうしたものか」

ぽつりとつぶやき、思案の表情を浮かべる。そのあいだも、蒼樹は翠蓮の手のひらで『ピィピィ』と声を上げていた。

涙だ。泣いて……蒼樹に食べさせてあげなければならない。

早く早くと急いた気分になっても、焦燥感(しょうそうかん)が募るばかりで涙は滲む気配もなく……自分に対する腹立たしさに唇を噛んだ。

蒼樹の孵化に関して、準備と心構えは整えているつもりだったのに、ほとんど予定通りにできていない。

狼狽(うろた)える翠蓮を誘導して、少しでも落ち着くよう座らせたのは蒼鷲だったし、震える手を支

えてくれたのも蒼鷲だ。

ぼんやりとしている翠蓮の口に、卵の殻を運んで与えてくれたのも蒼鷲だった。

「申し訳ございません。蒼樹、涙を……待っているのに」

どのように涙を流すか、そこまで考えておかなければならなかった。

蒼鷲に「少しは協力しろ」などと偉そうに言っておきながら、肝心な時には役立たずだ。

なんとかして涙を一滴でも零そうと四苦八苦している翠蓮の頭上から、緊張感のない蒼鷲の声が落ちて来た。

「不安そうな顔をするな。そそられるだろ」

「は、い？」

あまりにも軽い調子で、この場にそぐわない台詞が聞こえた気がする……と、怪訝に思いながら顔を上げる。

予期せぬ近さに蒼い瞳が迫っていて、ビクリと顔を引いた。

「逃げるな。協力してやる」

「え……」

協力。涙を流すための……？

目をしばたたかせて聞き返すより早く、視界が暗くなり、唇にやんわりとしたぬくもりが触れた。

なに？　なにが起きている？　唇に触れている……のは、蒼鷲様の……。

現実とは思えない事態に翠蓮が硬直しているのをいいことに、唇の合間から舌を潜り込ませて来る。

「ッ、ん……！」

固まっていた身体がピクリと震えたけれど、蒼樹が乗った手は動かすことができないし、身体を引こうとしても寝椅子の背もたれに阻まれる。

蒼鷲の大きな手が後頭部を掴むようにして仰向かされているので、顔を背けることもできない。

ゴソゴソ身動ぎする翠蓮が、逃れようにも逃れられない焦燥感に混乱していることは伝わっているはずなのに、蒼鷲は舌を絡ませて口づけの濃度を増す。

「っふ……っん、ぅ……ッ」

柔らかな舌が、口の中……粘膜をくすぐる。

縮こまって逃げかかる翠蓮の舌を容赦なく追いかけ、絡みつかせて軽く吸いつき……濡れた音が聞こえて来る。

息が苦しい。最初は顔が熱いと思っていたのに、だんだん熱が広がって身体中が燃えるように熱っぽい。

頭が、ぼんやりとする。耳の奥で、ドクドクとうるさいくらい鼓動が響いている。

ここがどこで、自分が誰となにをしているのかあやふやになって……。

「ッ、ふ……ぁ」

「よしよし、いい子だ」

唐突に口づけから解放されたかと思えば、長い指が目尻に触れて来た。

息継ぎの間合いが上手く計れず、酸素不足で頭がクラクラする。

ようやく思いきり空気を吸い込むことができて、大きく息をつきながら寝椅子の背もたれに身体を預けた。

「ん……？」

目元を数回拭った蒼鷲の指先をぼんやりと目で追った翠蓮は、水晶のような透明な粒が灯明の光を反射したことでハッとする。

「ぁ、蒼鷲様……っ」

「蒼樹。お待ちかねの飯だ」

呼びかけた蒼鷲が、そう言いながら指先を蒼樹の嘴の先へと差し出したことで、続く言葉を呑み込んだ。

不安な目で見守る翠蓮をよそに、蒼鷲は微笑を浮かべている。

『ピイ！』

嘴を小刻みに動かして一声鳴いた蒼樹は、ピヨピヨ小声でなにか言いながら細かな結晶を啄んでいる。

蒼鷲は、尖った嘴に人差し指の先を突かれながらククッと肩を震わせた。

「そうか。美味いか。よかったな。……くすぐったいぞ」

これまで目にしたことのない、蒼鷲の柔らかな笑みを目前にして、翠蓮は心臓が奇妙に脈打つのを感じた。

唇を塞がれることによる息苦しさが原因の、激しい動悸は鎮まったと思っていたのに……また、胸が変だ。

「翠蓮」

「はっ、はいっ？」

ふと視線を上げた蒼鷲と、視線が絡む。蒼い瞳に見据えられると、更に心臓が鼓動を速めて落ち着かなくなる。

翠蓮は挙動不審になっているはずだが、蒼鷲はそれを指摘して笑うでもない。

「蒼樹を孵してくれたことに、礼を言う」

しばらく言葉を探すように無言だった蒼鷲は、真摯な目で真っ直ぐに翠蓮を見詰めてそう口にすると、視線を伏せる。

焦った翠蓮は、頭を左右に振って恐縮した。

「そんな、僕は抱卵役として当然のことをしたまでです。それに、蒼樹がきちんと成鳥になるまでお世話をすることが重要ですから」

まさか、尊大な姿ばかり見て来た蒼鷲にお礼を言われるとは。

慌てる翠蓮に、蒼鷲は唇の端をわずかに吊り上げて含む物のある笑みを滲ませる。

「協力はするぞ。俺の守護鳥だからな」

……都合よく忘れそうになっていたことを、思い出した。

翠蓮の被った猫を剥ぎ取るため、無関心を『装っていた』らしい蒼鷲の策にまんまと嵌まって感情を暴発させて、あんたの卵だろうなどと失敬極まりない台詞を投げつけたのだった。

「失礼な言葉は忘れてください」

「何故だ？　忘れるものか。これからも、遠慮なく思うことをぶつけろ。素のおまえのほうが、取り澄ました顔よりも魅力的だと言っただろう？」

ニヤニヤと、人の悪い笑みを浮かべている。

無関心な態度は意図して作っていたのかもしれないが、イタズラ好きな子供のようなこちらは、蒼鷲のもともとの気質に違いない。

証拠に、翠蓮の動揺を誘う台詞を続ける。

「ああ、もう一つ、口づけに戸惑い、翻弄される姿も悪くない。綺麗な作り物の人形のようで色香の欠片もないと思っていたが、意外にもなかなか」

「やめてくださいっ。そのようなお言葉は……女性にどうぞ！　涙を流すために協力をしてくださったことには、お礼申し上げます。でも、手段には賛同しかねます。あんなことをなさらなくても、涙を流すことはできますから」

睨みつけてしまったが、それさえ楽しそうな表情で受け止められる。

蒼樹のために涙が必要だからと、あんな手を使ったのだろうけど……他の方法で涙を流すと告げて顔を背けた。

そんな翠蓮に、蒼鷺は拒まれる理由がわからないとでも言いたげに「何故だ」と反論して来る。

「あれが、一番手っ取り早いだろう。なにより、快楽の涙は良質な糧となる。ほら、蒼樹を見ろ」

視線で促されて、手のひらの蒼樹を見下ろした。

翻弄される一方で、戸惑いと混乱に迷い込んだあれを『快楽』と言い切られるのには、不満があるけれど……。

「え？　えっ？　育って……る？」

蒼樹の姿を目にした途端、蒼鷺への反感は消し飛んでしまった。

見間違いかとまばたきを繰り返しても、蒼樹の変化は明白だ。

ついさっきまでふわふわとしたまばらな産毛に包まれていたのに、部分的にしっかりとした羽のようなものになっている。

　全体的に淡い水色だったけれど、頭の天辺や育てば翼となるであろう部分、尾羽のあたりが一部蒼に変わっているような……?

「守護鳥の育成は早い。良質な栄養を摂取すれば、それだけ速度が増す。羽の色も鮮やかになり、より美しく成長する」

「すごい……蒼樹」

　知識としては得ていたつもりだが、実際に目の当たりにすると説得力が違う。

　王族の守護鳥は、見た目はオウムのようでも本当に特別なのだと実感すると同時に、改めて責任の重さを突きつけられた。

『ピイ』

「……どこに出しても恥ずかしくない、立派な成鳥にしてあげるからね」

　翠蓮の覚悟が伝わっているかどうかはわからないけれど、蒼樹は『ピピッ』と軽やかな鳴き声を上げて手のひらに蹲(うずくま)る。

「眠いのかな。籠に戻します。橙夏さんには、朝一番にお伝えします」

　蒼樹が孵化したことを、橙夏に報告しなければならない。これからの育て方について、改めて指示を仰ごう。

　翠蓮の言葉を、蒼鷲は笑って一蹴(いっしゅう)した。

「言わなくても、勝手に飛んで来るだろ。橙夏は守護鳥の親みたいなものだからな。孵化も感じ取っているはずだ」

「そう……ですか？」

守護鳥の取りまとめをする橙夏が、親のようなものだということはなんとなくわかる。けれど、孵化を感じ取る？　というのは不可解だ。

橙夏の、色鮮やかな橙色の羽を思い浮かべて首を捻る翠蓮に、蒼鷲は事もなげに続けた。

「アレは、ウン百歳の妖怪だ。人知を超えた存在だからな」

「はぁ……妖怪」

そんな言い方をされていることを、橙夏が知れば……怒るのでは。

口には出さなかったのに、翠蓮の思考が伝わったかのような間合いで、蒼鷲が横目でこちらを見た。

「告げ口するなよ。橙夏の嘴で突かれたら、流血沙汰だ」

「…………」

親の叱責（しっせき）を恐れる、子供のような顔だ。

イタズラ好きで少しだけ意地の悪い蒼鷲の気質は、取り繕うことをしない子供じみたものだとわかっていたつもりだが。それにしても、年下ならともかく……。

うっかり笑いたくなるのを無表情で隠して、「わかりました」と返す。

緩みそうになった頬を隠すため、手の中に蒼樹を包み込んで腰かけていた寝椅子から立ち上がった。

蒼樹を銀の籠にそっと戻し、天鵞絨に包まれて丸くなって眠るふわふわの産毛を纏う雛に目を細めた。

可愛い。

絶対に、どんなものからも護る。そして、立派に育て上げる。

決意を新たにした翠蓮は、淡く柔らかな水色の産毛に包まれた蒼樹を、飽きることなく見つめ続けた。

《四》

ピピピッ、ピィ……と。

どこかで、小鳥が鳴いている？

眠りから呼び戻された翠蓮は、薄く目を開く。夜が明けた直後なのか、まだ薄暗い。

窓の外から聞こえるにしては、ずいぶんと明瞭な……と思った瞬間、ぼんやりとしていた頭が完全に覚醒した。

「あっ、蒼樹！」

横たわっていた寝台から、勢いよく身体を起こした。すぐ脇に置いてある鳥籠を掛けた台に目を向けて、銀の鳥籠を覗き込む。

仄かな蒼色の体毛に覆われた雛が、翠蓮に向かって『ピッ』と声を上げた。

「夢じゃなかった。蒼樹……って、なんか大きくなったか？」

ふっと安堵の息をつき、寝台を下りる。まじまじと観察した籠の中の蒼樹は、昨夜の孵化直後よりも明らかに育っていた。

「本当に成長が早いんだな。全身が産毛だったのに、翼のところとか……もう、きちんとした羽らしきものが生えてる」

水色の綿がぽつぽつ落ちているのかと思ったら、生え変わる際に抜け落ちた産毛らしきものが蒼い天鵞絨に散っているようだ。

こちらを見ている蒼樹の目は、しっかりと開いている。

つぶらな目が翠蓮をジッと見ているけれど、『翠蓮』をきちんと認識しているのかどうかはわからない。

「蒼樹」

呼びかけたのと同時に、窓の外からバサバサッと大きな鳥の羽音が聞こえて来た。閉じていた窓が外から開かれ、驚いて顔を上げた翠蓮の目の前が夕焼け色に染まる。

「うわっ、なに……と、橙夏さん？」

銀の鳥籠の上にとまっているのは、鮮やかな橙色のオウムだ。翼を閉じて、ギョロリと翠蓮に目を向ける。

『深夜に、卵が孵化したであろう！』

「……はい、よくご存知で」

蒼鷲の言った通りだ。まだ連絡をしていないのに、日の出からさほど経たずに橙夏が飛んで来た。

『どれ……おお、卵の放つ光から予想していた通りの羽色だな。美しい蒼だ。ふむ……蒼樹は氷属性か』

鳥籠を覗き込んだ橙夏は、しばらく無言で蒼樹を見詰める。そして、どこでそう判断したのか、仮の姿であるオウムの封印が解かれれば『氷属性』だと口にした。

「水属性ではなく？」

橙夏の言葉に疑問を持った翠蓮が聞き返すよりも早く、隣の部屋との境から蒼鷺の声が聞こえて来る。

橙夏の訪れを察して、顔を出したのだろう。寝間着ではなく、上着にこそ袖を通していないもののきちんと上衣を着込んでいる。

「蒼鷺様。おはようございます。あ……身支度を整えておりませんで、失礼な姿で」

蒼鷺に挨拶をした翠蓮は、自分だけ寝起きの状態のままだと気づいて視線を泳がせる。今すぐ着替えたい。でも、蒼鷺と橙夏の目前で着替えるのとこのままでいるのとは、どちらがより失礼だろう。

蒼鷺は、悩む翠蓮に「気にするな」と手を振り、橙夏をチラリと見遣りながら皮肉な笑みを浮かべる。

「夜明けと共に押しかけて来た、橙夏が悪い」

『蒼樹の孵化を察したのでな。当然であろう。氷属性と読んだのは、頭の飾り毛の色だ。雛の時点でここまで深い蒼なら、凍鳥に属するはずだ。まぁ、もう少し育たなければ確かなことは言えんが』

　橙夏が頭を上下させると、その頭の天辺にある緋色の飾り毛がゆらゆらと揺れる。蒼樹のものは……まだ、ほんの少ししかない。

『孵化した翌朝にここまで育つとは、孵化直後に与えた涙が上質だったのだな。翠蓮、抱卵役としての役目は見事に果たした』

　バサッと右の翼で頬を叩かれ……いや、撫でられる。橙夏なりの賛辞だと受け止めて、軽く頭を下げた。

「お褒めに与り、恐縮です」

「俺も褒めろよ、橙夏。涙を流すのに、手を貸したんだ」

　翠蓮の隣に並んだ蒼鷲が、そう主張する。

　それは、確かだ。あの場に蒼鷲がいなければ、孵化直後の蒼樹に涙の粒を与えることは難しかったと思う。

　ただ、問題はその手段で……生々しい感触を思い起こしそうになった翠蓮は、右手で口元を覆って足元に視線を落とす。

『蒼鷲、胸を張って主張するでない。お主の守護鳥なのだから、抱卵役の翠蓮に協力するのは当然の行いだ』

「……チッ。そりゃそうだが」

翠蓮の様子に不自然なものを感じないのか、橙夏と蒼鷲は会話を続けている。

きっと蒼鷲にとって、あれくらいのことは大した接触ではない。翠蓮だけが、初めての口づけを必要以上に意識して勝手に感情を波立たせているのだ。

『よいか。これからも、二人息を合わせて蒼樹を育てるのだ。守護鳥の生育環境は、その後の能力にも影響する。くれぐれもっ、乱暴者にはしないようにな、蒼鷲！』

首を振りながら語っていた橙夏に言葉の最後に嘴で指された蒼鷲は、ムッとした顔で橙夏に言い返した。

「なんで俺を名指しするんだ？」

『朱鳳と一緒になって私の羽を引き抜いたことを、忘れたとは言わさんぞ。それも、あやつは一本だったのに蒼鷲は三本も！　四つの子供のくせに、女官の気を引いて口説くのに使いおって……』

ギョロギョロと睨みながら過去を蒸し返された蒼鷲は、ほんの少し気まずそうな表情で自分の頭を掻いた。

女官の気を引くために、引き抜いた橙夏の羽を使った。それも、四つの時に。想像すると、微笑ましいような……末恐ろしいような。

翠蓮が橙夏と蒼鷲のあいだに視線を往復させていると、蒼鷲は「コホン」と咳払いをして右手を振る。

「そんな大昔の話は、時効だ。いつまでも根に持って、ぶつぶつ言うな。ったく、これだから年寄りは」

年寄り呼ばわりされた橙夏は、羽をバタつかせて憤っている。

『蒼鷲！　翠蓮を困らせるでないぞ。翠蓮、なにか聞きたいことや異変があれば、すぐに私に言いに来るのだ』

気の昂(たかぶ)りを示してか、頭の飾り毛を膨張させている橙夏の姿は恐ろしい。今にも嘴から火を噴きそうだ。

目を逸らした翠蓮は、頭を下げて橙夏に答える。

「はい。今後とも、よろしくご指導お願いいたします」

『まったく、蒼鷲も翠蓮の三分の一でよいから行儀よくならんものか。図体ばかり育ちおって、いつまでも子供のように……』

「はいはいはいはい、すまなかった」

しつこく小言を口にする橙夏に、蒼鷲はおざなりな謝罪をして鳥籠の中にいる蒼樹を指差した。

「とりあえず、蒼樹には翠蓮の涙の結晶を食べさせ続けたらいいんだな？　一日に必要な量は？」

『蒼樹が満足するだけだ。涙が必要だからといって、意地の悪いことをして泣かせるでないぞ。

よき感情が、よき涙を生むのだ。育つにつれ、木の実や花の蜜なども口にするようになる。守護鳥は賢いから、自ら判断するだろう』

「わかった。適当でいいってことだな」

『物の言い方を考えよ。まぁ……臨機応変に対応すればよい』

籠から飛び立った橙夏は、蒼鷲の言葉も橙夏の言葉も同じような意味合いなのでは、と遠い目をする翠蓮の前を横切る。

『よいか。協力、協調だぞ！　諍い（いさか）は腹の足しにならぬ』

そう言い残して、開いたままだった窓から飛んで行った。

部屋には、蒼鷲と蒼樹、翠蓮が残されて……奇妙な沈黙が広がる。

「あの、着替えます」

「ああ……年寄りの朝は早いな。早朝から押しかけて来て、騒ぎやがって。人をいつまでも子供扱いするし……」

零す蒼鷲が、これまで見たことのないバツが悪そうな顔をしているのは、翠蓮と蒼樹の前で露骨に子供扱いされたせいだろうか。

蒼鷲も橙夏には敵（かな）わないのだな、と思えばなんとなく微笑ましくて、頬が緩みそうになってしまう。

笑ってしまったら蒼鷲の機嫌を損ねるだろうから、なんとか顔の筋肉を引き締めて着替えを置いてある籠に向かった。

「天気がよさそうだから、露台(テラス)に朝餉の準備をさせよう。その後で、蒼樹の飯だ。どうやって翠蓮を泣かせてやるか……」

どことなく不穏な台詞にギョッとして振り向いた翠蓮は、独り言を零しながら自室に戻る蒼鷲の背中を見送る。

橙夏に「意地悪をするな」と言われたことを、忘れていないだろうな？

蒼鷲の頭の中で、どんな計画が立てられているのか……知りたいような、知りたくないような。

翠蓮が難しい顔で思案していると、これまで鳥籠の中で大人しくしていた蒼樹が小さく鳴いて存在を主張した。

『ピッ、ピィ……』

「あっ、蒼樹のご飯のためだもんね。……でも、一刻も早く、自力で涙を出す方法を考えておこう」

蒼樹のためなのだから、涙を流すことは必要で嫌だなどと言えない。けれど、自分で涙を出せるならそれに越したことはない。

ふっと小さく息をついた翠蓮は、着替えの途中で止めていた動きを再開させて「泣く方法かぁ」と首を捻った。

これまでは、泣いてはいけないと己を律することが多かった。

泣きたくなっても、奥歯を噛んで我慢して……涙は誰にも見せてはいけない、隠すべきものだった。

それが、正反対の泣かなくてはならない事態に身を置くことになったのだから、悩みは尽きない。

「守護鳥は抱卵役の涙で育つって、わかってたのにな。まず孵化させることに必死で、具体的に考えてなかった」

『……ピィ』

翠蓮の独り言に、蒼樹が小さく鳴いた。

孵化直後の蒼樹には、まだ人間の言葉の意味が理解できていないかもしれない。ただ、不安そうな空気を感じ取っている可能性はある。

頭を振って不安を振り払った翠蓮は、鳥籠の蒼樹を覗き込んで笑いかけた。

「大丈夫だから、不安そうに鳴かなくていいよ。酸っぱい木の実を齧ってみるし……鼻がツンとして涙が出る薬草なんかも、あった気がするな。蒼樹を空腹にさせたりしないからね」

立派な成鳥に育てると豪語したのだから、約束を違えるわけにはいかない。

守護鳥は、主である蒼鷲を映す鏡のようなものだという。

蒼鷲は想像していたよりずっと理知的で、意地の悪い言い方をしても無意味に暴力を振るったりはしない。なにか誤解があり、いつの間にか尾ひれがついてそう噂されているだけなのだと思っている。

蒼樹のことを、蒼鷲の守護鳥だから「乱暴者」だとか「不出来」だなどと、絶対に誰にも言わせない。

そうすることで、蒼鷲の人物像に対する汚名返上にもなるはずだ。

「今はまだ、ピヨピヨ鳴くだけだけど……いつか、橙夏さんみたいにおしゃべりを始めるんだろうな」

守護鳥はすべて、人間の言葉を理解しているはずだ。時期はわからないが、いずれ自身の思いを言葉で伝えて、主とより深く交流を図ろうとする。

蒼樹と会話を交わす日が、楽しみだけれど……。

「蒼樹。最初にしゃべる言葉は、蒼鷲様のお名前だからね」

『……ピ？』

言い聞かせる翠蓮に、小さく零した蒼樹は嘴を震わせて頭を上下させる。わかっているような反応だが、本当にきちんと伝わっているのかどうか知る術はない。

「蒼鷲様、だよ。たくさん勉強して……みんなが驚くくらい、いい子で立派な成鳥になろうね」

『ピッ！』

今度は、ハッキリと大きな声で。

翠蓮の言葉に答えるように鳴き声を上げた蒼樹が可愛くて、銀の格子の隙間から指を差し込んで羽を軽く撫でた。


蒼鷲と共に朝餉の席に着くのは、不思議な感じだった。

これまでは、翠蓮の存在などないかのように悠々自適に過ごしていたのに……『協力して蒼樹を育てよ』と、橙夏が刺した釘（くぎ）の威力だろうか。

食後のお茶を飲みながら、茶器（ティーポット）の脇に立っている蒼樹を見下ろす。

朝餉の最中は大人しく翠蓮の肩に乗っていたのだが、孵化直後ということもあってか好奇心が旺盛（おうせい）らしい。

茶器（ティーポット）や茶杯（カップ）、四角い砂糖の載った小皿や乳酪（ミルク）の入った容器を覗いたり、嘴で突いたりしている。

翠蓮は、小さな蒼樹が洋卓（テーブル）から落ちないか……茶杯（カップ）を引っくり返して熱いお茶を浴びたりしないか、ハラハラしながら見守っているけれど、蒼鷲は面白いものを見る目でちょこちょこ動き回る蒼樹を眺めていた。

「ふーん……一晩で、ずいぶんと育ったな。それほど翠蓮の涙が口に合ったか」

部分的にふわふわの産毛が残っているが、小さな翼が見て取れる。色も、孵化時の水色より濃くなった。

　翠蓮が目を瞠った成長速度は、蒼鷲も驚くものらしい。

「俺たちの朝餉が終われば、蒼樹だな。どうやって泣かせてほしい？」

　笑みを浮かべながらチラリとこちらを見遣った蒼鷲と視線が合い、翠蓮はかすかに眉を顰めて言い返した。

「蒼鷲様のお手を煩わせるまでもありませんので、お気遣いは無用です。自分で涙を流す手段を探します。橙夏さんなら、効率的な方法を知っていそうですし……」

「腹を空かせてピイピイ鳴いてる蒼樹を、待たせるのか？」

「………」

　蒼鷲の指差した先、四角い砂糖に乗り上がった蒼樹は、自分の名前を呼ばれたことがわかったのか蒼鷲を見上げた。

『ピィ？』

　それ以上なにも言われないからか、首を巡らせて、今度は翠蓮の顔を見て来る。

　つぶらな瞳で真っ直ぐこちらを見られて、言葉に詰まった。

　確かに、蒼樹に早くご飯を食べさせてあげたい。自分たちは麺麭(パン)や燻製肉(くんせいにく)を食べられるが、今の蒼樹が口にできるものは翠蓮の涙の結晶だけなのだ。

でも、蒼鷲の言う『泣かせる』が、昨夜と同じような行為であれば、易々とお願いすることはできない。

なにも言えずにいる翠蓮の困惑と躊躇いは、蒼鷲にも伝わっているはずだ。

蒼鷲にとっては、些細な接触かもしれないけれど……と視線を向けた瞬間、まともに目が合ってしまった。

「手っ取り早く泣かせてやるって」

慌てて視線を逸らそうとした翠蓮を逃がしてくれず、人差し指の先を曲げて招き寄せる。強烈に誘引する蒼い瞳に捕らわれて、動くことができない。甘い蜜に誘われる、虫になった気分だ。

「翠蓮」

たった一言、低く名前を呼ばれただけでふらりと腰を上げた。丸い食卓を回り込み、椅子に座ったままの蒼鷲の前に立つ。

腰に手を回して引き寄せられ、更に一歩距離を詰めた。

「泣かせてくださいって、お願いするか？」

「……っ」

「蒼樹が待ってるんだろ」

薄く笑みを浮かべた蒼鷲は、躊躇いを手放せない翠蓮に、どうしても拒むことのできない理由を突きつけて来る。

蒼樹の名前を出されたら、「結構です」と突っぱねられない。

「泣か、せて……ください。蒼鷺様」

蒼鷺からわずかに視線を逸らして、小声で「お願い」を口にした。無様に動揺していることは隠し通そうと、声が震えそうになるのをなんとか耐える。

「望むままに」

ようやく翠蓮が受け入れたせいか、笑みを深くした蒼鷺が立ち上がって翠蓮の背中を抱き寄せた。

端整な顔が近づき、なかなか慣れることのできない蒼い瞳の美しさに息を呑む。視線の鎖で全身をグルグル巻きにされたかのように、身を強張らせた。

指先さえ動かすことのできない翠蓮の目元に、影が落ちて……ギュッと瞼を閉じた直後、唇を重ねられた。

泣かせてやるなどと威圧的に言い放ったにもかかわらず、背中を抱く手は優しい。

ただ、目的が『涙を流させる』ことだからか、容赦なく口づけの濃度を上げて翠蓮を追い詰めようとする。

「っ、……ぅ」

翠蓮が馴染むのを待とうとせず、舌を絡めて来る。口腔の粘膜をくすぐられ、背筋を震わせながら身体を硬くした。

肌が、ざわざわしている。息が苦しくなって来ても、唇を塞がれたままで……力強い腕に抱き込まれていて、逃げられない。

「そ、しゅ……様、ッ、もぅ……っ、んぅ」

執拗(しつよう)な口づけに許しを請い、蒼鷲の肩にかけた手の震えを抑えられなかった。翠蓮が解放を訴えていることは伝わっているはずなのに、蒼鷲は更に追い詰めようとする。

「まだだ」

膝から力が抜けてしゃがみ込みそうになったところで、不安定に揺れる身体を長い腕の中に抱き込まれた。

強く背中を抱かれ、まるで、周りのすべてから護られているかのような錯覚に陥る。

怖い。こんなふうに、抱き締められたら……頭の中が真っ白になって、なにも考えられなくなる。

甘えを許される立場ではないのに、なにもかも明け渡してしまいそうだ。

蒼鷲に抱き締められることを心地いいと感じてしまう、こんな自分は嫌だ。許せない。為すべきことは、蒼鷲の腕に抱かれてふわふわとした安堵感に浸ることではないのに……。

「ふっ、ぅ……」

蒼鷲に抱き締められることを、快いものだと受け取る自分に、裏切られたような情けない気分が込み上げてくる。

じわっと涙が滲み、目尻から頬を伝う……より早く、結晶となって零れ落ちた。

「おっと。動くなよ翠蓮」

上衣（シャツ）の襟（えり）のところに引っかかったらしい結晶を、蒼鷲の指が摘まみ上げる。ついでに翠蓮の目元を拭い、キラキラと朝陽を弾く透明な欠片を手のひらに乗せた。

「蒼樹。飯だ。食え」

右手は翠蓮の背中を抱いたまま、洋卓（テーブル）の上で大人しくしていた蒼樹に左の手のひらを差し出す。

『ピィ！　ピピピッ』

軽やかな高い鳴き声は、翠蓮の涙を啄んだ蒼樹が喜んでいることの証明だ。

ホッとして……身体の力が抜けた。

へたり込みそうになった翠蓮の身体を難なく抱き留めた蒼鷲は、椅子に座らせながらククッと楽しそうに笑う。

「毎回、こうして泣かせてやるのもいいな」

「……蒼鷲様のお手を、煩わせたくありません。近日中に、自力で涙を出す効率的な方法を調べておきます」

恥ずかしいのか情けないのか、いろんな感情が混じり合って自分でもわからなくなって来た。

紅潮した頬を上衣の袖口で擦り、顔を背けて答えた翠蓮に、上機嫌だった蒼鷲が声のトーンを下げる。

「ふん、俺に頼ればいいのに……可愛げがない。どうしても意地を張るなら、それでもいい。だが、行き詰まったら……お願いしに来いよ。手塩にかけて、泣かせてやる」

そう言いながら大きな手で翠蓮の髪を撫で回した蒼鷲は、きっと意図して意地の悪い笑みを浮かべた。

優しさを感じさせないのに、魅惑的で強烈な誘引力を纏っている。

女性なら、この手を拒む理由などないだろう。その口から出た台詞が甘いものではなく『泣かせてやる』でも、嬉々として我が身を投げ出すはずだ。

でも、翠蓮は女性ではないし、蒼鷲に寄りかかることのできない役目を担っている。

「ありがとうございます。折角のお言葉ですが、蒼樹のために尽くすことが僕の役目ですから、蒼鷲様にお願いすることのないよう全力で務めます」

「……チッ。口づけに、とろんとしてたくせに」

動揺を隠し、平静を装って表情を変えることなく言い返す。蒼鷲は、舌打ちをして背を屈めると、食卓の蒼樹に話しかけた。

「蒼樹、飯が足りなかったら俺に言えよ。翠蓮をお仕置きして、たっぷり涙を食わせてやるからな。エロ……快楽の涙は、きっと甘いぞ」

『ピィ？』

首を傾げた蒼樹を横目で見遣った翠蓮は、慌てて蒼鷲を見上げて苦情をぶつけた。

「蒼樹に、変なことを吹き込まないでください！」

「これも学習だろ。なあ、蒼樹」

蒼鷲に指先で頭を突かれながら名前を呼ばれた蒼樹は、嬉しそうに『ピッ！』と声を上げて小さな羽をパタパタ震わせ……翠蓮は、大きなため息をついて肩を落とした。

《五》

蒼樹は、五日ほどで見違えるほど大きくなった。生育は順調で産毛もすっかり生え代わり、短距離ならば飛ぶこともできる。

昼餉の後、飛行訓練も兼ねて王城の庭を散策する。広大な庭には色とりどりの花が咲き、爽やかな風が心地いい。

「いいお天気だな。……朱鳳様の守護鳥も、孵ったらしいね」

左肩に乗っている蒼樹に話しかけると、小さく『ピィ』と返って来た。

午前中に橙夏から聞いたが、なにも知らなかった眞白は、無事に孵化させることができたようだ。

蒼樹と同時期に生まれた守護鳥の存在は、心強い。きっと、いい仲間になれる。

そう思うのと同じくらい、蒼樹を立派に育てなければならないと決意を新たにする。

ただでさえ、蒼鷲は朱鳳と比較されて『本人の能力とは関係なく、生母の身分が高いだけで朱鳳様より王位継承順位が上だ』などと言われているのだ。

そのせいで、守護鳥の蒼樹まで朱鳳の守護鳥である朱璃に劣っているだろうとは、誰にも言わせない。

　蒼樹を立派に育て上げ、蒼鷲を陰で嘲笑（ちょうしょう）している連中を見返してやりたい。

「……あれでいて、いいところもあるんだし」

　少しばかり意地が悪くて子供じみたところがあって、無神経なところも目につくかもしれないが、裏表のない真っ直ぐな性格は魅力的だ。なにより、先日見学させてもらった剣技は騎士である黒鳥にも負けず劣らずの腕前だった。

　王子という窮屈な立場でなければ、乱暴者などと言われることなく純粋に勇猛さを称賛され、立身出世を果たしただろう。

「あっ、蒼樹」

　バサッと羽ばたいた蒼樹が、風に乗ってふわりと舞い上がり近くの木の枝にとまる。飛びそびれて落ちれば間違いなく怪我をする高さで、翠蓮は青褪めて右手を伸ばした。

「ダメだよ、蒼樹。そこは高いから危ない。戻って」

　木の枝を見上げて呼びかけていると、がやがやと話しながら四人の青年が背後を通りかかった。

　木の脇に立つ翠蓮の姿を目に留めたらしく、「あ、翠蓮だ」と名前を呼ばれる。

「蒼鷲様の守護鳥を、孵化させたんだってな。どうやったんだよ」

　一番に話しかけて来たのは、金色の髪をしたいくつか年上の青年だった。

一緒にいるのは、女性をどう誘うかとかどんな夜を過ごしたかの自慢とか、いつも下品な遊びの話で盛り上がっていた連中だ。

相手にする気がないので彼らの名前も憶えていないが、貴族の子息を集めた勉強会で何度も顔を合わせたことがある。

金髪の青年に続いて、栗色の髪をした翠蓮と同じ年頃の少年が口を開いた。

「あーあ、金で買われた養子のくせに、上手くやったよな」

「これで、立場も安泰だな。抱卵役っていうのも、どこまで純粋に鳥を育ててるんだか。その容姿で、蒼鷲様に可愛がられてるんじゃないのか？　抱卵役という名目にしておけば、傍仕えにする格好の偽装になる」

今度は、金髪の青年の隣にいる薄茶色の髪の青年が、ニヤニヤ笑いながら翠蓮を見下ろす。

容姿云々（うんぬん）という言い方をするのは、翠蓮が目的だとあからさまに匂わせた彼の誘いを、「お断りします」の一言で蹴ったことがあるせいだろう。

証拠に、翠蓮がチラリと視線を投げかけると、目が合う前に明後日のほうへと顔を背ける。

纏めとばかりに、金髪の青年がフンと笑って腕を組んだ。

「守護鳥がまともに育つのかどうか、見ものだよな。蒼鷲様は乱暴で、教育に適した気性ではないそうだし」

翠蓮は、数で勝っているせいか余裕の態度で下卑（げび）た笑みを浮かべる四人を、一人ずつ順番に睨みつけた。

生まれながらの貴族ではなく、養子という理由で理不尽な嘲り（あざけ）を受けることには慣れているので、大して腹が立つわけではない。

ただ、蒼鷲と蒼樹まで巻き込む彼らは許せなかった。

「養子でも、君たちよりは貴族の名に恥じないつもりだけど。僕を嗤う（わら）くらいだ。王国憲章を、すべて諳（そら）んじることくらいはできるんだろうな？」

「……っ」

金髪の青年は、翠蓮の切り返しに反論できないらしく眉を顰めて睨みつけて来る。

次は、一番体格のいい薄茶色の髪の青年へと目を向けた。

「剣技で僕に勝てた人はいたかな。力業や不意打ちじゃなく、正当な技術のみで、だ」

「それはっ、翠蓮がちょこまかと逃げ回るから上手く技が決まらないだけで」

手合わせした時のことを、思い出したのだろう。

彼は、翠蓮の身体に模造刀を掠（かす）めさせることもできなかったはずだ。翠蓮は、あちらの急所を的確に突いたのだが。

「腕が立たないって、素直に認めれば？　古代バーディア語で書かれた文書くらいは読めないと、恥ずかしいよ」

はぁ……と露骨に馬鹿にしたため息をついて見せると、論で勝てないと思ったのか掴みかかって来た。

「このっ、こっちが大人しく聞いてりゃ調子に乗りやがって」

上衣(シャツ)の襟元を掴まれて、眉根を寄せた。これだから、矜持(きょうじ)だけは立派で中身の伴っていない愚か者は……と笑ってやる。

「正論で返せないからって、力に物を言わせる気？　噂だけできちんと知りもしない蒼鷲様のことを、悪し様に言えるのか？」

「うるさいっ」

悔しいけれど、体格でも力でも負けている。

それでも挑発する自分こそ、愚かな……と襟を絞めて来る腕に手をかけたところで、頭上からバサッと鳥の羽音が聞こえて来た。

『ピピィ！　ヂヂッ！』

「うわっ、なんだ……鳥っ？」

彼らの頭上を舞った蒼樹が、翼で頭を叩き……嘴で額(ひたい)や耳を突いている。

予想もしていなかった蒼樹の動きに驚いた翠蓮は、制止することも忘れて鮮やかな蒼い羽を見詰めた。

「蒼の……蒼鷲様の守護鳥か。っ、イテテ……突っつくな。凶暴だなっ」

「ダメだ、蒼樹！」

腕を振って蒼い羽根のオウムを振り払おうとしている男たちの姿に、ハッとした翠蓮は名前を呼びかけながら慌てて手を伸ばす。

蒼樹は、まだきちんと飛ぶことのできない子供なのだ。地面に叩きつけられれば、大怪我……それだけで済まないかもしれない。

「蒼樹っ」

両手を空に向かって伸ばしながら名前を呼んだ直後、落ち着いた低い声が場に響いた。

「騒がしいな。なんだ？」

「あ……蒼鷲さ……ま？」

背後から聞こえて来た男の声に振り向くと、視界に黒い髪の長身が入った。一瞬、蒼鷲かと思ったけれど……違う。

「黒烏様」

蒼鷲と同じ髪色を持つ、騎士だ。

翠蓮が、諍いに水を差した人物の名前を呼びかけると、頭上を一周した蒼樹がふわりと左肩に降りて来た。

「蒼樹！　割り込んで来たりして……怪我したらどうするんだ。それに、蒼鷲様の守護鳥だから乱暴だって思われたら……悲しいだろ」

主である蒼鷲はもちろん、蒼樹のことも、そんなふうに誤解はされたくない。

蒼樹に言い聞かせていると、黒烏が肩を並べて来た。蒼樹を覗き込み、苦笑して翠蓮を諌める。

「これが蒼鷺様の守護鳥か。なるほど、美しい蒼だ。……怒らないでやれ。翠蓮を護ろうとしたんだろう」

「でも、黒烏様」

意識を蒼樹と黒烏に移しているあいだに、翠蓮と言い争いをしていた貴族の青年たちは、無言でそそくさと背を向けて去って行く。蒼鷺の側近である黒烏の登場に、分が悪いと思ったに違いない。

四人の背中を無言で見ていた黒烏が、翠蓮に視線を移して来た。目が合う直前に、うつむいて避けてしまう。

「あの……聞こえましたか」

「耳は遠くないものでな」

飄々とした調子で返されて、顔から血の気が引くのを感じた。

聞かれた？　どこからだ。

もしかして、最初から……翠蓮が貴族の生まれではなく、養子だということまで知られただろうか。

無言で青褪める翠蓮に、黒烏が小さく笑う気配が伝わって来た。

「たおやかで儚(はかな)げな見かけに反して、勇ましくてなによりだ。そんなところまで蒼鷲様の好みだな」

蒼鷲様の好み、という一言に「まさか」と目をしばたたかせる。たまに美人だとかなんとか言って来るが、あれは翠蓮をからかって、楽しんでいるだけだ。

それよりも、黒烏に口止めしておかなければならない。

「……あの、蒼鷲様には黙っていてください」

「なにを？」

不思議そうに聞き返して来たけれど、これはきっと本当にわかっていないわけではない。言葉を濁す翠蓮に、ハッキリと言わせようとしているのだ。

察してくれと願うのは自分勝手な我(わ)が儘(まま)だと反省して、きちんと告げることにする。

「僕が、生まれながらの貴族ではなく養子だということ、……と、僕が彼らと言い争いをしていたこともです。簡単に挑発に乗るなど、感情を自制できないのかと呆れられそうで……。それに、揉(も)めた原因を蒼鷲様のお耳に入れたくありません」

あんな、貴族とは名ばかりの品性が下劣な連中に「乱暴者」呼ばわりで嘲笑されたなどと、蒼鷲が知る必要はない。

そして、貴族の矜持を掲げる翠蓮が養子であり、実際は地方の貧しい農家の出自だと蒼鷲に晒(さら)されたくなかった。

なにも知らない田舎者だと眞白にぶつけた言葉は、翠蓮の劣等感の裏返しであり無様な八つ当たりだ。

地方出身を隠そうともせず堂々として、無知であるのを恥じることなく学ぼうとする眞白を前にすると、イライラする……狭量な自分が嫌になる。

「蒼鷲様は、なにもかも面白がって喜びそうだけどな。だいたい、一部の貴族の馬鹿息子がどの程度のものか、昔から知っている」

「昔から？」

自分がどのように語られているのか、噂を掌握しているということだろうか。それも、昔からというのは少し不思議だが。

聞き返した翠蓮に、黒烏は蒼鷲とよく似たイタズラ好きな少年のような顔で笑って、種明かしをしてくれた。

「翠蓮も、見誤りそうになっただろう。俺と蒼鷲様は、幼い頃から背格好がよく似ている。それに加えて、特徴的なこの髪色だ。コッソリ入れ替わって、俺のふりをした蒼鷲様が貴族の子息の勉強会や剣の鍛錬会に潜り込んだこともある」

「そんな……大胆な」

とんでもないことを、と思ったが……子供の頃から物怖じしなさそうな蒼鷲なら、それくらいやってしまうだろうとも思う。

貴族の子息を集めた勉強会や剣技の鍛錬会は、城の一角を使って行われる。毎回同じ顔触れではないし、似通った年齢の少年が雑然と入り交じるので、数回参加した程度ではどこの誰だか知られない可能性はある。

本来その資格のない、貴族の子息以外が秘かに紛れることも、不可能ではないと思う。

「翠蓮とも、剣の手合わせをしたことがあるかもしれないな」

「憶えはありませんが……」

過去の記憶を思い起こしても、蒼鷲らしき少年の印象はない。

養子であることが知られて、あることないこと噂されるのに嫌気がさした翠蓮は、六歳から十歳くらいまでしか参加していない。勉強会や鍛錬会の最中も、周りに興味がなくほとんど言葉を交わしていないので、記憶は曖昧だ。

「俺は、幼い翠蓮を見かけた憶えがあるぞ。その髪の色と瞳の美しさは、どこにいても目立つからな」

「………」

なにも言えなくて、足元に視線を落とした。

銀の髪と菫の瞳は、翠蓮の家系に時おり現れる特徴だ。色鮮やかな見た目が美徳とされる王都で、否応もなく人の目を引くことは自覚している。

翠蓮自身は、この外見を得だと感じたことはあまりないが……。

六歳の頃、祝祭に出店するため両親や兄、姉と共に地方から王都を訪れた翠蓮は、声をかけて来たお客に「綺麗な子だ」と見初められた。

子供のいない貴族の夫婦が是非とも養子にと両親に請うたのは、この容姿が理由だ。そして翠蓮は、貧しい家のために多額の金銭と引き換えとなることを自ら選んだ。

翠蓮を手放すことを一度は拒み、その晩泊まった小さな宿で、夜の闇に紛れて小声で両親が話し合っているのを聞いてしまったのだ。

昨年と今年は不作が続き、家計は苦しい。一人でも食い扶持が減るのは助かる。でも、子供を売るようなことは……と苦悩する両親に、朝餉の席で笑って言い放った。

「あのおじさんたち、僕が子供になったら大きなお屋敷で綺麗な服を着せてくれて、ご馳走をいっぱい食べさせてくれるんだって。こんな茶色の固い麺麭じゃなくて……白い麺麭も、甘いお菓子だって、毎日食べられるって言ってた。だから、あそこの家の子になる」

買われるのではなく、望まれて……自分でそう選択するのだと胸を張って、生家を捨てて養子となったのだ。

義両親を失望させないよう懸命に勉強を重ね、生まれながらの貴族の子女にも負けない立ち居振る舞いを身につけた。それでも、養子であることは事実で……その点を揶揄されると、強く反論はできない。

「貴族の血筋ではないことに、引け目を感じている？　血統で人の価値を決めるなど、くだらないな」

「っ！」

冷たい響きの一言に驚いて、顔を上げた。目が合った黒烏は、翠蓮を見下ろしてクスリと笑う。

「……とは、蒼鷲様が憎々しげに口にする言葉だ。王族に生まれたことは、血の呪縛だとね。確かに、蒼鷲様がただの貴族に生まれていれば、あの剣の腕は称賛されるばかりで騎士の頂点にも立てただろう。王族であるが故に、勇敢さを『乱暴』と置き換えられるのは理不尽だ。蒼鷲様と翠蓮が正反対なようでいて、どこか似ているのは……二人とも、自分ではどうすることもできない葛藤を抱えているせいかな。蒼鷲様が翠蓮を傍に置いたことで少し凪いだ顔をするようになった理由が、なんとなくわかった」

翠蓮に話しかけているというよりも、最後のほうは独白の調子だった。だから、相槌を打つこともできずに耳を傾ける。

言葉を切った黒烏は、目を細めて翠蓮を見下ろして来た。

そのまま、十秒……二十秒。

「あの、黒烏様？」

無言でジッと見詰められることに居心地の悪さを感じて、そろりと呼びかける。

名を呼ばれ、ハッとしたように目をしばたたかせた黒烏は、かすかな苦笑を浮かべて翠蓮から目を逸らした。

「そろそろ行くとするか。いろいろと余計なことを言ったが、蒼鷲様には秘密にするように。蒼樹のことは、もう少し甘やかしてやれ」

「きちんと育てることが、僕の役目ですので」

甘やかしてやれと言われても、素直にうなずくことはできない。そう言い返した翠蓮に、黒烏は苦笑を深くして「またいずれ」と言い残し、去って行った。

なんだか、いろいろ聞いた気がするが……黒烏の言葉は捉えどころのないものもあり、頭の中で上手く整理できない。

大木の下に取り残された翠蓮が無言で立ち尽くしていると、肩に乗っている蒼樹が『ピピ』と声を上げる。

「あっ、ごめん。えっと……木の実を探すんだった。橙夏さんに聞いたら、赤い木の実を乾燥させたら涙が出るほど酸っぱくなるんだって」

その実を齧れば、蒼鷲の手を煩わせることなく涙を出すことができるはずだ。いつでも、蒼樹に食べさせてあげられる。

『ピィ』

翠蓮の肩で足踏みをしている蒼樹の頭を指先で撫でると、改めて先ほどの無茶を窘(たしな)めた。

「僕のことは、護らなくていい。蒼樹は、蒼鷲様を護るためにいるんだから。蒼鷲様のために、いい子にしていないとダメだからね。悪く言われたら、悔しいし……蒼鷲様のことが好きでしょう？」

『ピィッ！』

やけに勢いのいい返事に、ふふっと笑みが零れる。

黒鳥の言葉が正しければ、王族に生まれたことを『血の呪縛』などと言い表す蒼鷲も、複雑なものを抱えているようだ。

血筋を天秤にかけながら気質を朱鳳と比較され続けていれば、それも当然かもしれない。

「では、やはり僕が為すべきは、蒼樹をどこに出しても恥ずかしくない立派な成鳥にすることだ。蒼鷲様のために……」

決意を新たにして、肩にとまっている蒼樹を横目で見遣る。

翠蓮も、義両親のことを思って貴族として名を上げることよりも、蒼鷲のために蒼樹を育てたいと思う。

守護鳥がいなかった蒼鷲には仕方のないこととはいえ、王都に閉じ籠もっている現状は窮屈そうだ。

蒼樹が立派な守護鳥に育てば、彼を伴って自由に王都の外の世界へ出られるようになる。

伸び伸びと馬を駆る蒼鷲と、その頭上で羽を広げて舞う蒼樹の姿は、きっと絵画のように美しいだろう。

残念ながら、蒼樹が成鳥になればお役御免となる翠蓮に、その姿を見ることは叶わないけれど……。

ぼんやりと考えながら歩いていた翠蓮の耳元で、蒼樹が鳴き声を上げる。

『ピィ、ピピッ』

「あっ、あの木の実？　かな？　教えてくれてるの？　橙夏さんとの話を聞いていたのかな。賢いな、蒼樹」

褒められたことがわかるのか、嬉しそうに翠蓮の頬に頭をすり寄せてきた蒼樹に頬を緩めそうになり……キュッと唇を引き結ぶ。

黒鳥はああ言っていたけれど、可愛がるだけではダメだ。蒼鷺の役に立つよう、賢く、行儀よく、勇敢な成鳥に育てなければならない。

翠蓮は自分にそう言い聞かせると、蒼樹を撫でようと上げかけていた左手を下ろして拳を握った。

《六》

「翠蓮。一昨日のヤツ、もうないだろ」

　夜更け。就寝前の湯浴みを終えたらしい蒼鷺が、翠蓮と蒼樹のいる小部屋を覗き込んで声をかけて来る。

　寝台に腰かけて蒼樹の羽の手入れをしていた翠蓮は、鳥籠の台に吊るした淡い灯明の光に照らされている蒼鷺に目を向けた。

　涙は、二日から三日は結晶を保つことができる。前回、蒼鷺に『協力』してもらった涙は、確かに今日の夕方に尽きた。

　でも、翠蓮は新たな手を見つけたのだ。

「それですけど、橙夏さんに教えていただいて涙を流す方法を見つけました。鳥たちがおやつにしている赤い実は、乾燥させるとすごく酸っぱくなって涙を誘うんです。これで、蒼鷺様のお手を煩わせることはなくなるはずです」

「ああ？　なに、勝手なことしてんだよ」

　笑って報告した翠蓮の言葉を聞いた蒼鷺は、大股で部屋に入ってきた。寝台の脇に立ち、不機嫌そうな顔で翠蓮を見下ろしてくる。

蒼鷲も、面倒がなくなると喜ぶはずだと思っていた。それなのに、どうして蒼鷲が険しい表情をしているのかわからなくて、困惑した翠蓮は腰かけていた寝台からそろりと立ち上がって言い返す。

「橙夏さんなら、効率的に涙を流すことのできる方法を知っていると思ってお尋ねしたんです。僕が一人で涙を出すことができるなら、それに越したことはないはずです」

なにより、蒼鷲の言う「泣かせてやる」は、強引で執拗な口づけなのだ。

最初にそれで成功したせいか、翠蓮が「他の方法は」と逃げかかっても、楽しそうに抱き寄せて「手っ取り早いだろ」と端整な顔を寄せて来る。

回数を重ねるにつれ、翠蓮が激しい動悸に襲われて戸惑っていることなど知らないから、「蒼樹、食え」と結晶を指先に乗せて笑うのだ。

翠蓮が、蒼鷲に触れられることで胸の奥に甘い疼きを芽生えさせているなどと知られれば、抱卵役の意味をはき違えて思い上がるなと眉を顰められるに違いない。

蒼鷲の口づけに意味を求めそうになっているなどと……こんな恥ずかしいこと、悟られてはならない。

自分だけで涙を流すことのできる赤い実の存在は、大げさかもしれないが翠蓮にとっては救いのようなものだった。

頑なに「自分だけで涙を流せる」と言い張る翠蓮に、蒼鷲はますます機嫌を下降させた。

「また、一人でできる……か。っとに、可愛げがないな。俺が泣かせてやるって言ってんのに。そんなに頼るのは嫌か」

両手で頭を挟み込まれて、顔を上げさせられる。

間近で睨みつけて来る蒼鷲の蒼い瞳は、いつもより深みを増して……凍りついた湖のように、冷たい。

目を逸らすことを許されない翠蓮は、蒼鷲の憤りの理由がわからないまま、懸命に思いを伝えた。

「赤い実があれば、蒼鷲様にご迷惑はおかけしません。僕の役目なんですから……僕が、蒼樹をきちんと育てます」

抱卵役として、きちんと役目を果たしたい。蒼樹を立派な成鳥にすることが、蒼鷲の評判を上げることにつながる。

蒼鷲は、険しい表情で翠蓮の言葉を聞いていたけれど、

「迷惑だぁ？　……チッ、本当にわかってないんだな。勝手にしろ」

舌打ちをして眉間に縦皺を深く刻むと、翠蓮の髪を両手で掻き乱して唐突に解放した。

忌々しそうに目を逸らして背中を向けようとした蒼鷲に、翠蓮は右手を伸ばしかけて……引っ込める。

どうしよう。言葉の選択を間違ったのだろうか。蒼鷲をイラつかせたいわけではないのだ。

でも、呼び止めて……なにをどう言えばいい？　きっと、今の翠蓮の言葉はすべて蒼鷲の気に障る。

泣きそうな気分で右手を握り締めた瞬間、視界の隅を蒼い影が過った。

「蒼、樹っ」

バサッと大きく羽ばたいた蒼樹は、そこを目的地と決めていたのか、当然のように蒼鷲の肩に着地する。

「なんだ、蒼樹。珍しいな」

足を止めて身体の向きを変えた蒼鷲は、自分の右肩にとまっている蒼樹を左手の人差し指で突いた。

確かに、蒼鷲の肩にとまることは滅多にない。翠蓮が、常々「蒼鷲様に失礼のないように」と言い聞かせているので、それに従っているのだろう。

どんな顔をしているのか、恐る恐る窺った蒼鷲は……かすかな笑みを浮かべていた。

『ピィ……ッ、蒼、シュ……サマ』

「え？」

翠蓮は一瞬、誰がなにを言ったのかわからなくて、目を瞠って蒼鷲と蒼樹を凝視する。

今……蒼樹が『蒼鷲様』と、呼んだ気がしたけれど……。

「なにか、言いたいことがあるのか？」

驚愕のあまり固まっている翠蓮とは異なり、蒼鷲は驚く様子もなく自然な態度で蒼樹に聞き返した。

蒼樹は、首を上下に振ってたどたどしく答える。

『ソウ、蒼鷲サマ……スキ！』

「…………」

なにを言うかと思えば、予想もしていなかった言葉だ。絶句した翠蓮をよそに、蒼鷲は数回まばたきをしてポツリと返した。

「……そいつは、どうも」

なんとも素っ気ない一言だ。

でも、気のせいか……耳と頬が、わずかに赤くなっている。唇にも、隠しきれない笑みが滲んでいた。

蒼樹に名前を呼ばれ、『スキ』と言われて、喜びを感じている？

それなら、繰り返し蒼樹に「最初は、蒼鷲様のお名前を」とか「蒼鷲様が好きでしょう」と言い聞かせたことは、間違いではなかった。

翠蓮の思いを、小さな蒼樹も受け止めてくれていたのだと、胸の奥がじんわりあたたかくなる。

「他には？」

笑みを含んだ声で促した蒼鷲は、明らかに蒼樹がしゃべり出したこと……なにを口走るか予想もつかないことまで、面白がっている。

バサッと翼を広げた蒼樹が、『ピピッ』と前置きをして言葉を絞り出した。

『メッ、飯ダ。ク……食エ？』

一瞬、なんのことだかわからなかった。

頭の中で数回繰り返して、『飯だ。食え』だと拙い言葉の意味を察した翠蓮は、ひぇっと竦み上がった。

「蒼樹っ！　言葉遣い！」

蒼鷲に近づくのを躊躇っていたことも忘れて、早足で詰め寄った。蒼鷲の肩にいる蒼樹は、叱る翠蓮を不思議そうに首を傾げて見ている。

どこで覚えて来た？　翠蓮は、あんな言い方で蒼樹に接したことなどないのに。

動揺する翠蓮をよそに、蒼鷲は普段と変わらない調子で口を開いた。

「腹が減ってるのか。おい、翠蓮。蒼樹の飯が足りてないぞ」

指先で蒼樹の頭をくすぐるように撫で、翠蓮に視線を移して来る。蒼鷲の台詞に呼応するかのように、蒼樹が声を上げた。

『腹ヘリ、デス。メシ！』

あっ！　と、思い至った『原因』に目を向けた。

蒼い瞳と視線が絡み、もう一歩距離を詰める。

「蒼鷲様の口調のせいですっ。いつも、『飯だ。食え』って食べさせているから……そういうものだと、憶えちゃってるんです」

翠蓮が蒼鷲に抗議する様子を間近で見ている蒼樹は、数回首を左右に捻って髪を嘴で啄んで来る。

『スイレン？　メシ、ダメ？』

ツンツンと数本の髪を引っ張ることで翠蓮の気を引き、どうして怒るのだと言わんばかりに不思議そうな様子で名前を呼びかけて来た。

「メッ！　ご飯をください、でしょう！」

『ピッ！』

顔を向けて叱りつけた弾みで、蒼樹の嘴に銜えられていた髪がブチッと抜けたのがわかった。

痛い……と顔を顰めた翠蓮よりも、蒼樹が狼狽える。

『ピピャッ！　スイレン！　毛ッ！　ど……ドウシヨ、蒼鷲サマ。スイレンの……蒼樹ガ、悪イ。ピィ……』

羽をバタつかせて肩の上でウロウロする蒼樹に、蒼鷲は苦笑して指を伸ばす。嘴に引っかかっていた数本の翠蓮の髪を抜き取り、蒼樹の頭を手の甲で軽く撫でた。

「美しい髪だからもったいないのはわかるが、髪が何本か抜けたところで死ぬわけじゃないだろ。そんなに狼狽えるな。翠蓮も気にしていない」

「う、うん。そうだよ。蒼樹……大丈夫。蒼樹も羽が抜けたりするでしょう？」

気に病まなくていいと蒼樹に言い聞かせる蒼鷲の言葉に、ぼんやりしていた翠蓮はコクコクとうなずいて同意する。

『ウン……へーき？』

まだ心配そうに首を傾げる蒼樹に、笑って繰り返した。

「平気だから気にしないで。僕が怒ったから、ビックリしたかな。でもっ、蒼鷲様の口調を真似してはいけません」

「ずいぶんな言い草だな」

クッと低く笑う蒼鷲は、先ほど背を向けた時のような刺々しさを感じさせない。

蒼樹が言葉を発したのは、絶妙な間合いだった。蒼樹は自分たちのあいだに流れる険悪な空気を感じ取り、場を和らげようとして一生懸命に声を振り絞ったのだろうか。

『蒼、鷲サマ。ゴハン……くだサイ、デス』

「ああ、腹が減っていたんだったな。翠蓮。その赤い実とやらは、乾燥させなければならないのだろう。今すぐ、使えるものか？」

空腹を訴える蒼樹の要求を受けて、蒼鷲が尋ねて来る。

「それは……」

蒼鷲に話を振られた翠蓮は、嘘(うそ)をつくわけにはいかず言葉を濁した。

昼間に摘み取ったばかりの実は、まだ水分を含んでいる。乾燥するまで、あと数日はかかるだろう。

橙夏には、生では食べないほうがいいと言われている。鳥たちが好む木の実の中には、人間には毒となるものがある……と。

翠蓮が言い澱んだことで、状況が読み取れたらしい。蒼鷲は、背中を屈めて翠蓮に顔を寄せると、少し意地の悪い笑みを浮かべる。

「蒼樹は、腹が減ったと訴えているぞ。どうする？」

自力で、今すぐ涙を流す術など思いつかない。蒼鷲の助けを借りることが、きっと最善の手だ。

なにより、翠蓮が意地を張って「蒼鷲様の助けは不要です」と突っ撥ねたことで、空腹を抱えるのは蒼樹だ。

蒼鷲の肩に乗っている蒼樹は、急かすことなく無言で待っている。

「……今だけ、お願いします。これで最後にしますので」

「はっ、やっぱり可愛くねーな」

皮肉な苦笑を滲ませた蒼鷲が、翠蓮の髪を一房摘まんで背中を屈めて来る。触れた唇は、言葉ほど腹立たしそうではなく、優しくて……心の中で、「やはり最後にしなければ」と決意を固くする。

髪に触れる指は、蒼樹を撫でる時と同じくらい繊細だ。乱暴者と言われているなどと、信じられない。

ああ、でももしかして、小さな蒼樹に触れる時だけ力の加減をしているのだろうか。翠蓮は、そのついでだ。

この髪が気に入っているらしいので、それも慎重に触れて来る理由かもしれない。

理由はあっても特別な意味などないはずなのに、こんなふうに蒼鷲に触れられると胸が苦しくなる。

銀の髪と菫の瞳は、幼少期からいろんな人間に褒められ、時には妬まれて来た。言及されることには慣れきっているはずなのに、蒼鷲の口から出る「美しい」という一言にだけは心臓が奇妙に脈動する。

強引なのに甘い口づけに溺れないよう、今でなくてもいいことを考えて気を逸らしていたけれど、誘い出された舌先に吸いつかれてビクリと身体を震わせた。

「ンッ……」

考えていたことが一瞬で吹き飛び、全神経を蒼鷲に持って行かれる。

無意識に逃げを図った翠蓮が、ふらりと足を引きかけたと同時に、力強く背中を抱き寄せられた。

「っ、こら。逃げるな」

「ぁ」

両腕の中に抱き込まれて、執拗な口づけを受ける。

こんなふうに触れられ続けたら、蒼鷲との距離感を見誤りそうだ。

息苦しさのあまりじわりと滲んだ涙が、結晶となって頬を転がり落ちる。

蒼樹に、必要だから。蒼樹のためだと、蒼鷲に言われるから。こうして触れられることを、望んでいるわけではない。

そんな言い訳を繰り返さなければならない、自制心の乏しい自分が嫌だ。

でも……これで最後にするから。

もう一つ言い訳を重ねた翠蓮は、手の震えを悟られないようにそろりと握り拳を作り、触れたことが伝わるかどうかという強さで蒼鷲の背に当てる。

蒼樹が、成鳥になるまで。

この涙が結晶しているあいだは、蒼鷲と蒼樹の傍にいられる。

それ以上を望んではいけない。

□□□

澄んだ青天の空に、蒼樹の蒼い羽が映える。

孵化から月の満ち欠けが一巡りする頃には、より遠く、より高くまで飛ぶことができるようになった。

『スイ……翠蓮！　木の実、あそこデス』

風に乗って大木の上を旋回していた蒼樹が、スッと翠蓮の肩に降りて来た。蒼樹が嘴で指したのは、頭上高くだ。

「んー……届くかな。登れたら、いいんだろうけど」

木登りなど、五歳くらいの時に試みて失敗したのが最後だ。運動能力には、自信がない。

あの位置にあるものを摘むのは難しいかも……と首を傾げた翠蓮に、蒼樹が羽を広げる。

『蒼樹ガ、枝を取ってキマス』

パタパタと羽ばたいた蒼樹が、木の上まで飛んで行く。言葉通り、赤い実が鈴なりになった小枝を嘴に銜えて戻って来た。

「ありがとう。蒼樹も、おやつに食べていいよ」

『ンー……翠蓮ノ涙ガ、美味しデス』

翠蓮に倣って首を傾げた蒼樹の返事に、ホッとしてしまう。まだ、蒼樹に必要とされているのだと……密かに喜ぶ自分に頬を強張らせた。

守護鳥は成長するにつれ、木の実や花の蜜から栄養を摂取できるようになる。それを歓迎するべきなのに、心が狭い。

「ちょっと休憩しようか。これだけあれば、しばらく大丈夫」

翠蓮が手に持った籠の中には、城の庭を歩きながら集めた赤い木の実が収まっている。

まだ自室の小瓶にも残っているし、これを乾燥させて保存すればしばらく蒼樹へ涙をあげるのに困らない。

『ア……飛んダ時、朱璃ガ見エマシタ』

「朱璃？　眞白も、このあたりにいるのかな」

朱鳳は、蒼鷲の異母兄である朱鳳の守護鳥だ。蒼樹とさほど変わらない時期に孵化したのだから、抱卵役である眞白も近くにいるだろう。

言葉より先に飛ぶことを覚えた蒼樹とは違い、朱璃は言葉を発するほうが早かったらしい。成長速度や過程はそれぞれ異なると橙夏は言っていたが、負けたくない……蒼樹のほうが優れているはずだと対抗心を燃やしてしまう。

朱鳳は人望があり、優秀で……口には出さないけれど、王座に即くなら彼のような人物がいいと望まれている。

ただ、生母の地位が高くないだけで、王位継承順位が蒼鷲より不当に低いと言われている朱鳳の守護鳥まで優秀なら、蒼鷲や蒼樹の立場がないのでは……と気を揉んでいるのは、翠蓮だけだ。

当の蒼鷲はさほど朱鳳を意識していないらしく、話題に上ることもない。蒼樹に対しても、多くは望んでいないように見える。

厳しく教育をしようとする翠蓮に、「そんなに口やかましく言うな」と苦笑して、無邪気に「飛んで見せろ。おまえの羽色はキレイだなー」と蒼樹を飛ばせるのだ。

翠蓮が、いくら「きちんと教育してください」と言っても、蒼鷲は「そんなに堅苦しく考えるな」と甘やかしてばかりいる。

従える立場の人が、そんなに甘くてどうするんですか……と眉を顰めても、蒼鷲は「蒼樹は頑張ってるぞ。きちんと育ってるだろう」などと言って笑うばかりで、翠蓮は一人でイライラしている。

「朱璃は、まだ白い？」

『白イ。デモ……タブン、朱くナル』

孵化時から前例のない真っ白な羽色だという朱璃に、抱卵役の眞白はさぞかし責任と重圧を感じているに違いない……と思えば、同情しないわけではないけれど。

肩に乗った蒼樹と話しながら、最近見つけた絶好の休憩場所へと向かう。池が目の前に見えて、木陰に張り出した大きな木の根が椅子となり……風が心地いいのだ。

小道を歩いて行くと、目指していた場所から人の声が聞こえて来た。先客か……と落胆しかけた翠蓮の耳に、聞き覚えのある声が飛び込んで来る。

「朱璃、朱鳳様の頭にとまっちゃダメ」

『朱鳳サマ、イイって』

「ああ。朱璃くらい、軽いものだ。……ッ、ただし、髪を掴むのは勘弁してくれ。毟られると悲惨なことになる」

「ほらっ、朱璃。こっち来て。朱鳳様に、ごめんなさいして」

『ピッ、ゴメンナサイ』

木の陰から二人と一羽の様子を見ていた翠蓮は、クルリと回り右をして取って返した。

「……なんだ、あれ」

つぶやいた自分が、険しい表情をしているという自覚はある。

笑い声に溢れ……緊張感に欠ける、ふざけたやり取りだった。守護鳥を主の頭にとまらせるなど、信じられない無礼さだ。

「朱璃をきちんと躾けていない眞白が一番の問題だけど、朱鳳様も甘やかしすぎだ。蒼樹。蒼樹はいい子だから、あんなふうにふざけちゃダメだからね」

『ハイ。蒼樹イイ子』

呼びかけた蒼樹の返事にホッとして、早足で木々に囲まれた小道を歩き続ける。

正体不明の、気味の悪い薄黒い塊が、胸の奥でモヤモヤと渦巻いているみたいだ。

なにが、これほど気に障るのだろう。

朱鳳と眞白と朱璃が、楽しそうに遊んでいたこと？

眞白が、彩りのない朱璃の羽を気に病む様子もなく、「朱璃」と呼びかけて笑って……暢気な様子だったこと？

朱鳳は、立場を忘れたかのように緊張感のない眞白と朱璃を、臣下というには特別感のある……愛しそうな目で見ていた。

『翠蓮、木の実ガ零れマス』

「あ……」

籠を揺らして歩いているせいで、せっかく摘んだ木の実が零れそうだと蒼樹に指摘されて、歩調を緩めた。

息が上がっていることに気づき、深呼吸をする。

「蒼樹が高いところまで飛んで、取って来てくれたのにね。ごめん」

『へーキ。マタ飛んデ、取ってキマス』

健気に答えた蒼樹は、可愛い。一生懸命に翠蓮の言いつけを守り、橙夏にも『行儀がよいな』と感心されたのは誇らしくて……思いきり褒めてあげたい。

でも、一度気を緩めてしまえば際限なく甘やかすことになりそうで、上手く接することができない。

自分の責任で育てて、ただの鳥として籠の中で飼うだけの存在なら、思うままひたすら可愛がることができた。

けれどそうではなく、蒼樹に対する翠蓮の役目は教育であり、単に成長させればいいというわけではない。

蒼樹は、成鳥となるまで蒼鷲から預かっているだけなのだ。

無言で歩き続けた翠蓮が蒼鷲の離宮の庭まで戻ると、見覚えのない女性が建物の前で佇んでいた。

たっぷりとした布に、繊細な刺繍が施された裾の長い豪奢な衣装を身に着けていることからも、身分の高い姫だと察せられる。

蒼鷲はなにも言っていなかったが、そこに立っているということは、蒼鷲を訪ねて来たに違いない。

「あら？　……あら、あら、あら」

予告されていない想定外の訪問者に驚き、柱を回り込んだところで足を止めた翠蓮を目に留めて、すすすっと近づいて来た。

年齢は、翠蓮と同じくらいだろうか。緩やかに波打つ淡い金色の髪が、西に傾き始めた太陽の光をキラキラと反射している。

動くことのできない翠蓮を、手を伸ばせば触れそうな距離でジッと凝視して来た。大きな瞳は、翠蓮とよく似た菫色だ。

「蒼鷲様の守護鳥が、孵化したとの噂を聞いたのだけど……その子が？」

翠蓮の右肩にとまっている蒼樹へと視線を移し、小首を傾げて尋ねて来る。軽やかな鈴の音のような、可愛らしい声だ。

「はい。蒼樹です」

『ハイ！　初めまシテ』

翠蓮に続いて、蒼樹が答えた。その瞬間、姫が大きな目をますます見開く。

「しゃべったわ！　城で守護鳥を見かけることはあるけど、……本当にしゃべるのね」

ジッと見詰めながら感心したように言われて、『ピッ』と小さく鳴いた蒼樹は、照れているに違いない。

蒼樹から翠蓮へと視線を戻した姫が、改めて翠蓮の全身を眺める。頭から足元まで……観察するような露骨な視線に晒されるのは、なんとも居心地が悪い。

「あの……」

戸惑うばかりの翠蓮に、姫はクスリと笑みを零した。

「蒼鷲様は、婚約者の私でさえあまり傍にいることを望まれなかったのに……抱卵役とはいえ他人を、昼夜を問わずお傍に置くなんて。どんな心境の変化かしらと思ったけど、あなたを見て少し納得したわ」

楽しそうに笑いながらそう口にする姫を前に、翠蓮は言葉もなく目をしばたたかせる。

蒼鷲の婚約者？　この、可愛らしい姫が？

「蒼鷲様は、私の瞳がお気に入りなの。初めてお逢いした時からずっと、美しいと言ってくださるのよ。だからきっと、あなたが近くにいることも許せるのね」

自分の目元を指差して華やかな笑みを浮かべた姫は、誇らしげに胸を張る。

婚約者である姫の、菫色の瞳がお気に入り。だから、翠蓮を傍に置くことを疎ましがらなかった？

考えたこともなかった仮説を唐突に突きつけられ、絶句する。

いや、仮説……ではないのかもしれない。

ぐらぐらと頭が揺れるような衝撃の理由は、なんだろう。地面を踏みしめる足の裏を意識していなければ、しゃがみ込んでしまいそうだ。

立ち尽くす翠蓮は、頬を強張らせているかもしれない。

姫を前にして、無言でいることは失礼だ。なにか言わなければ、と震える唇を開こうとしたのと同時に、背後から低い声が聞こえて来た。

「……話を誇張するな。俺は、その瞳は悪くないと言っただけだ」

翠蓮が振り向いたのと同時に、姫が「蒼鷲様っ」と声を弾ませる。

当然のように蒼鷲の傍へ駆け寄り、嬉しそうに顔を見上げた。

「守護鳥のお披露目にお招きいただけないから、こちらから押しかけてしまいましたわ。綺麗な色の小鳥ね」

「わざわざ見に来なくても、いずれは披露する。それに黄鳩、おまえは『元』婚約者だ。解消しただろう。供もつけずに、俺のところへ来るな。元老院のジジイ共に誤解されると、なにかと面倒だ」

蒼鷲はため息をついたが、言葉ほど姫の訪問を疎ましがっている雰囲気ではない。

本当に嫌がっている相手とは、口も利かないだろうと言い切れるくらいには、蒼鷲のことを知っている。

チラリと翠蓮を見遣った蒼鷲は、黄鳩と呼んだ姫の背中に自然な仕草で手を添える。

「間もなく陽が暮れる。屋敷まで送ろう。翠蓮。俺は伯父……黄鳩の父に足止めされるだろうから、帰りが遅くても気にせず夕餉を済ませろ」

「……はい」

翠蓮がうなずくと、「行くぞ」と姫に声をかけて歩き出す。

その後ろ姿は、似合いの恋人同士にしか見えなくて……翠蓮は奥歯を噛んで、二人が視界から消えるまで見送った。

頬に頭を擦り寄せながら蒼樹にそんなふうに言われて、ぼんやりとしていた頭が現実に立ち戻った。

『翠蓮。翠蓮ガ美しデス』

苦い笑みを滲ませた翠蓮は、蒼樹の背中を指先で突いて小さく息をつく。

「なに、いきなり。お世辞なんかいいよ。そんなの、どこで覚えたんだ？」

『ホント。翠蓮、キレイ』

「もういいって！」

鋭い声を上げて、蒼樹から顔を背けたのは……無様な八つ当たりだ。

蒼樹は、『ピッ』と零して黙り込んでしまい、ますます罪悪感が募る。

「ごめ……ん。蒼樹は悪くない」

苛立ちをぶつけた蒼樹に謝っても、胸の奥にある刺（とげ）だらけのモヤモヤとした塊は消えてくれない。

右肩の重みは、心地いい。無言でも、蒼樹は翠蓮に寄り添ってくれているのを感じる。

そう遠くない未来に、お別れしないといけないのに……と思えば、これ以上、蒼樹も蒼鷺も大きな存在にしてはいけない。

蒼鷺と蒼樹が心の中を占める面積は、小さいほうがいい。

離れた時の喪失感を、最小限にするために……。

主が不在の離宮へ足を踏み入れた翠蓮は、蒼樹と目を合わせることなく自室へ向かい、鳥籠の扉を開けた。

蒼樹は、翠蓮がなにも言わないうちに自ら鳥籠へと入る。

羽を畳んでこちらを見ている蒼樹が、寂しそうだとわかっていたのに、声をかけることができなかった。

《七》

それに気がついたのは、朝餉を終えた蒼鷲が「最近、身体が鈍っているな。黒烏と手合わせして来る」と言い残して、離宮を出て行った後だった。

肩に乗った蒼樹と一緒に蒼鷲を見送り、雲一つない澄んだ空を仰ぐ。

「お天気がいいな。池に、水浴びにでも行く？」

昨日、自分の中のモヤモヤを蒼樹にぶつけてしまったことへの罪滅ぼしを目論むわけではないけれど、蒼樹の好きなことをさせてあげたい。

当の蒼樹は、翠蓮に理不尽な八つ当たりされたことなど忘れてしまったかのように、羽をパタパタさせて喜んでいる。

『水浴び、スキデス！』

蒼樹の返事に、ホッとうなずいて右肩に目を向け……違和感に眉を顰める。

なんだろう。なにかが変だ。

身体の大きさは、橙夏とほぼ同じくらいまで育っている。翼も立派なものになり、長く飛ぶことができるようになった。

頭の飾り毛も、尾羽も、美しい蒼で……。

「蒼樹っ。この羽色……どうしたの？」

『ドウ？　デス？』

尾羽は身体よりも深い蒼色のはずなのに、部分的に薄くなっているように見える。青褪めた翠蓮は、蒼樹を両手で包み込み、明るい朝陽の下で全身を観察した。

蒼樹は、自分の身になにが起きているのかわかっていないようで、『クスグッタイ』と身体を震わせている。人間なら、身を捩（よじ）って笑っているだろう。

遊びの延長のような感覚らしい蒼樹をよそに、翠蓮は頬を強張らせたまま指先で蒼樹の羽を掻き分けた。

頭の飾り部分も、一部色褪せている。翼の先は……もう少し色濃くなかったか？　腹のところは水色だったけれど、今は白っぽい。

「なんで、羽の色が褪せて……」

手のひらに乗せた蒼樹を呆然（ぼうぜん）と眺めていた翠蓮は、小鳥の群れが頭上を飛んで行く羽音で我に返った。

あまりの衝撃に、頭の中が真っ白になっていた。が、ぼんやりとしている場合ではない。

「っ、橙夏さん！」

異変の原因がわかるのは、きっと橙夏だけだ。対処法も、橙夏なら知っているはず。

心強い指南役の姿を思い浮かべて、橙夏がいるはずの城へと駆け出した。蒼樹は、バサバサと翠蓮の頭上を飛んでついて来る。

よかった。羽の色に異変が起きていても、飛ぶことに支障はないようだ。

それだけを救いに、全速力で庭を駆け抜けた。

『息を切らして城の中を探し回り、顔を合わせた途端泣きそうな声で名前を呼ぶから、何事かと思えば……ふむ、確かに色褪せておる』

ようやく見つけた橙夏は、城内の一番日当たりのいい場所で羽を広げていた。足元には、木の実の殻が落ちている。

翠蓮が蒼樹の異変を訴えると、全身を検分して首を捻る。予告なく翼部分の羽を一本引き抜かれ、蒼樹が『ピッ！』と悲鳴を上げた。

『妙なものに寄生されたわけでもなさそうだ。食あたりか？』

「でも、いつもと同じ……僕の涙が中心です。時々、花の蜜や木の実を齧っているようですけど……蒼樹、いつもと違うものを食べた？」

『食べてナイ、デス。翠蓮ノ涙、美味シイ』

蒼樹は、翠蓮の問いに頭を左右に振って否定する。

では、なにが原因なのだろう。何度も首を捻りつつ思案する橙夏の姿に、不安がどんどん大きくなって行く。

橙夏でもわからない、とんでもない病気だったりしたら……どうしよう。

怖い想像ばかりが募り、翠蓮は小刻みに震える手を強く握る。

しばらく無言で蒼樹を見詰めていた橙夏だが、『まぁ、大丈夫だろう』と嘴に銜えていた蒼樹の羽根を離した。

「あ、蒼樹の羽根が……」

翠蓮は、風に乗って飛んで行きそうになった蒼い羽根を慌てて掴まえて、失くさないように腰紐（こしひも）部分に差す。

これも、大切な蒼樹の一部だ。捨てようとするなんてひどいのでは……と、恨（うら）みがましく橙夏を見遣る。

翠蓮の視線を感じてか、橙夏は気まずそうに『ピィ』と鳥らしい鳴き声を上げて、言葉を続けた。

『なにか、気に病むことでもあったのではないか？　蒼樹は、蒼鷲の守護鳥だと思えないくらい真面目だからな。思い通りに行かなくとも、自分を責めるでない。おまえは、まだ子供だ。今はできなくても、いずれはできるようになる』

橙夏の言葉に、蒼樹は不思議そうな様子で小さく首を傾げている。

でも、翠蓮には覚えがあった。

「……僕が、無理を強いていたのでしょうか」

蒼樹に、あれもこれもできるようになれ……と。多くを求めている自覚はある。

自分が無用な重圧をかけたせいで、蒼樹の羽が色褪せるほど悩ませている？

胸の奥がひんやりと冷たくなり、息苦しさに唇を震わせる。なにも言えずに蒼樹を見詰める翠蓮の靴先を、橙夏が嘴の先で軽く突いた。

『無理を強いたとまでは、思わんが……まぁ、翠蓮はもう少し気楽に物事を考えよ。朱璃など、眞白と朱鳳が甘やかすせいで伸び伸びと育ちすぎて……あれはあれで、少しばかり心配だがな』

言葉を切った橙夏は、ガクリと頭を落とす。指南役としての悩みは深く、尽きることがなさそうだ。

『いずれ、元に戻るはずだ』

「でも、もしこのまま色が抜け続けたら……僕、蒼樹の羽の色を戻す方法がないか調べてみます。書庫の鍵をお借りしてもいいでしょうか」

『そういうところがな……まぁ、それで翠蓮の気が紛れるのなら好きにすればよい。書庫の鍵は開いておる。私が閲覧の許可を出そう』

仕方なさそうに『翠蓮の好きにしろ』と言った橙夏が、翼のあたりに嘴を埋めて橙色の羽を一本抜き取る。

『この羽根が許可証がわりだ、持って行くがよい』

翠蓮は嘴に銜えて差し出されたそれを受け取り、深く頭を下げた。橙夏の羽根があれば、城内で立ち入ることのできない場所はないはずだ。

「ありがとうございます。蒼樹、行くよ」

『ハイ！　橙夏サマ、ゴ機嫌ヨウ』

橙夏に挨拶をした蒼樹は、飛び上がって翠蓮の肩に乗ってきた。狭い城の廊下を飛び回るのは、他の人の迷惑になると教えているせいだろう。

翠蓮は橙夏にもらった羽根を右手に握り締めると、城の北側に位置する書庫を目指す。気が急き、走り出したいのを堪えて早足で廊下を歩いた。


「これ……かな？　たぶん、これだ。葉の形も図鑑にあったものと同じだし、花弁の色も……うん」

茂った葉を掻き分けると、探していたものがようやく見つかった。ホッとした翠蓮は、腰を屈めて深い蒼色の花弁を一枚摘み、手のひらに乗せる。

城の庭は広大で、庭師が丹精込めて栽培し手入れをしている花木もあれば、鳥がどこからか運んで来た種が芽吹いて自生している草や花もある。

橙夏と別れた後、書庫に半日近く籠もった翠蓮は、守護鳥が好む木の実や花の一覧を解説してある図鑑を見つけた。

橙夏からも教えられていない薬草などもあり、興味深かったが……一番の目的は、蒼樹の羽の色を取り戻すことだ。

「確か、五枚ある花弁のうち、三枚までなら大丈夫。一枚だけより、少しでも多いほうがいいよなぁ」

図鑑に記されていた解説図を思い起こしながら、できる限り大振りな花弁を三枚選ぶ。

翠蓮が屈めていた腰を伸ばすと、近くを飛んでいた蒼樹が肩にとまった。

『翠蓮、それナニ？』

「花びら」

『甘イ？　酸イ？』

「どうかな。僕も、初めてだから……食べてみる？」

興味を持ったらしい蒼樹に手のひらを差し出すと、ほんの少し悩んでいるような間があり、首を横に振る。

『翠蓮ノ涙、スキ』

時々、庭で遊びながら花の蜜や木の実を口にしているようだが、蒼樹にはまだ翠蓮の涙のほうが好ましいらしい。

『ダメ?』

翠蓮が即答しなかったせいか、少し不安そうに首を傾げる。

頭の天辺で揺れる飾り羽は部分的に白っぽく退色していて、自分の罪を見せつけられた気分になった翠蓮は、唇を噛んで目を逸らした。

「いいよ。でも、ちょっとだけ待って。離宮に戻って食べさせてあげるから」

『ハイ!　戻ル』

蒼樹が肩から飛び立った隙に、手のひらに乗せていた蒼い花弁を三枚纏めて口に含んだ。奥歯で噛むと、舌が痺れるような酸味が口腔を刺激する。

「っ……」

吐き出したくなるのを堪えて、噛み潰した蒼い花弁を嚥下した。舌にはヒリヒリとした後味が滞っているけれど、特に身体に異変はなさそうだ。

なんだ。大丈夫。なんともない。

長く息をついたところで、遠ざかっていた蒼樹の羽音が戻って来た。

『翠蓮』

頭上を旋回して急かす蒼樹に、「そんなにお腹空いた?」と苦笑して、小道を引き返す。

これでいい。あとは……実際に効果があるかどうか、涙を流せばわかるはずだ。

効きますようにと祈りながら、舌に残る蒼い花弁の苦味の余韻を噛み締めた。

□□□

乾燥させた赤い実は、小瓶に保管してある。一粒取り出して硬い実を齧ると、すっかり慣れた酸味が喉と鼻の奥を刺激した。

自然と、目尻に涙がじわりと滲み……硬い結晶が頬を転がり落ちる途中で、手のひらに受け止める。

思惑通りに行ったかどうか、鼓動の高鳴りを感じながら灯明の光に翳した涙の結晶は、淡い光でもそれとわかる鮮やかな『蒼』だった。

「よかった。蒼くなった」

三度目にして、ようやく望み通りの色の涙になった。これでも透明のままだったら、明日の朝は食べる花弁をもう一枚増やそうと思っていた。

長く安堵の息をついた翠蓮は、手のひらに乗せた蒼い結晶を蒼樹に差し出す。

「はい、蒼樹。どうぞ」

いつものように翠蓮の右肩にとまって待っていた蒼樹は、嘴を手のひらに寄せて……ピタリと動きを止めた。

『……翠蓮、コレ？』

首を捻りながら不思議そうに聞かれて、「いつもと違うから、変に思うのは当然かな」と苦笑する。

「僕の涙だよ。心配しなくても大丈夫。……食べてみて」

翠蓮が促すと、嘴の先で不安そうに突いていた蒼樹は『ウン』と頭を揺らして、蒼い結晶を啄む。

得体が知れないのに、翠蓮が「食べて」と言ったから口にする。それだけ自分のことを信用してくれているのだと伝わって来て、胸の奥が愛しさで疼いた。

「どう？」

『甘くテ……カライ？　不思議味デス。デモ、翠蓮の涙ハ美味シイ』

どうやら、ずいぶんと複雑な味のようだ。

蒼樹は悩ましげに感想を述べながらも、手のひらに転がっている蒼い結晶をもう一粒嘴に銜える。

図鑑で知った、蒼い花。

あれは、鳥の羽の色を鮮やかにする効果があるらしい。特に、花弁と同じ色の羽を持つ蒼樹には効果的なはずだ。

「美味しいなら、もっと食べて。羽の色が……早く元に戻るはずだから」

『食ベル。デモ、ナンデ？　翠蓮、哀しイ顔。蒼樹、いるカラ……哀シくナイ』

薄暗いのに、蒼樹には翠蓮の表情が見て取れるらしい。ツンと嘴の先で手のひらを突かれて、小さくつぶやいた。

「ごめん、蒼樹」

行き場のない苛立ちを小さな蒼樹に向けても、全然スッキリしなかった。

きちんと育てると宣言したのに、羽の色が褪せるほどの重圧を与えて……その上、更に気を遣わせて。

なにをしているのだろう。自分が情けない。

目の前が白く霞(かす)み、まばたきをする。溜まっていた涙が目尻から零れ、結晶となって頬を転がり落ちるのがわかる。

『翠蓮』

翠蓮を慰めようとしたのか、零れ落ちる涙の結晶を受け止めようとしたのか……。

蒼樹が翠蓮の頬に頭を擦り寄せて来た直後、戸口から蒼鷲の声が聞こえて来た。

「翠蓮、蒼樹。まだ起きてるか？　夕餉も取らずに、部屋に籠もっているらしいな。具合が悪いんじゃないだろうな」

「っ！」

翠蓮が夕餉を断ったことは、女官から聞いたのだろうか。

ここしばらく、熱心に黒烏と鍛錬をしている蒼鷲の帰りが遅いのをいいことに、夕方からずっと私室に籠もっていたのだ。時間を置いて赤い実を齧り、涙の色が願った色になるのを待っていた。

わざわざ様子を窺いにやって来るとは思わなくて、不意打ちに心臓がバクバクと脈打つ。

「翠蓮？　起きているなら、返事をしろ」

灯明の光は淡くても、翠蓮が身体を起こしていることは察せられたのだろう。大股で寝台に近づいて来て、蒼樹が乗っていない左肩を掴まれる。

「なんだ、蒼樹に飯を食わせていたのか。晩餐（ばんさん）の邪魔を……」

訝しげだった蒼鷲の声から、緊張が抜ける。冗談めかして言いかけた言葉を、途中で不自然に切ったのは……。

「なんだこれは」

右手は翠蓮の左肩を掴んだまま、左手で鎖骨のところを触れてくる。指先で摘まみ上げたのは、蒼樹が取り零した涙の結晶に違いない。

力強く肩を掴む蒼鷲の手のぬくもりを、薄い寝間着越しに感じる。

「翠蓮。答えろ。これはどうした？」

「あ……の」

どうしよう。どう答えるのが正解だろう？

自分の膝に視線を落とした翠蓮は、唇を噛んでこの場を切り抜ける術を探す。

蒼樹の羽が色褪せたことに気づいて、蒼鷲に悟られる前に元の色に戻そうとした……など、姑息だと眉を顰められても仕方がない。

しかも、原因はきっと、過剰な教育を強いた上に理不尽な八つ当たりをした翠蓮にある。自分の落ち度を、密かに誤魔化そうとしたのと同じだ。

これ以上の言い訳は、蒼鷲の機嫌を損ねることへの恐れよりも、自分自身が許せない。

いつまでも黙り込んでいられないことはわかっているけれど、答えようがなくて重苦しい沈黙に耐える。

蒼鷲も黙ったまま寝台の脇に立っていて、翠蓮が逃げないよう見張られているみたいだ。

息苦しさが限界に達しようとしたところで、予想外の声が沈黙を破った。

『蒼鷲サマ。翠蓮、蒼イ花、食ベタ。デス』

「蒼樹っ」

蒼い涙の色の理由を簡潔に語った蒼樹に焦り、うつむけていた顔を上げた。それと同時に、蒼鷲と視線が絡む。

まさか、ずっと翠蓮を見据えていたのだろうか。顔を上げた瞬間を狙って、確実に捕らえるために……。

「蒼い花？　それは、蒼樹の羽色と関係があるのか？」

「ッ……ご存じで」

橙夏から聞いたのか？

最初から誤魔化すことなど不可能だったのだと突きつけられて、翠蓮はますます身体を硬くした。

身動きもできない翠蓮の頭上から、蒼鷲の声が落ちて来る。

「朝餉の時に、円卓の上にいる蒼樹を目にしてなんとなく妙な感じはしていたんだ。朝陽を浴びる角度のせいか、影がそんな錯覚を生んでいるのかと思っていたが……やはり、羽の色が抜けていたんだな」

そう……か。蒼鷲も、毎日朝に夕に目にしている蒼樹の変化に気づくのは、当然だ。橙夏から、進言されるまでもないだろう。

蒼鷲は、なにも言えない翠蓮の左肩を軽く叩いて声の調子を和らげた。

「気にしていたのか？　俺は、まだ成長過程だからそういうこともあるのだろうと……軽く考えていたんだが」

おまえは思い詰めすぎだ、と翠蓮を宥めようとする蒼鷲に、罪悪感が募る。

そうではない。翠蓮が蒼樹に無用な重圧を与えたことが原因で、羽の色に影響が出たのだと思っている。

「僕のせいです。橙夏さんには、蒼樹にあまり厳しくするなと言われました。それに……蒼樹に苛立ちをぶつけて、八つ当たりをしましたので」

「八つ当たり？」

蒼鷲には、なんのことだかわからなくて当然だ。黙殺することで流してしまおうとしたのに、蒼樹が声を上げてしまう。

『翠蓮が、キレイ！　同ジ菫デモ……違いマス。翠蓮、美しイ』

「蒼樹、黙ってて」

慌てた翠蓮は、親指と人差し指で蒼樹の嘴を挟み込む。言葉を封じられた蒼樹は、羽をバタつかせて翠蓮の肩から寝台の上へと飛び降りた。

『蒼鷲様モ、翠蓮美しイ』

「ああ……翠蓮は美しいと思う。が、同じ菫？　あ……もしかして、黄鳩か」

恐ろしいまでの察しのよさで、蒼樹のたどたどしい言葉から根源へと辿り着いてしまった。

否定しても、黄鳩という名前を聞いた瞬間、翠蓮の肩がわずかに揺れたことは気づかれているだろう。

「あれは、身内のようなものだ。周囲が勝手に盛り上がり、婚約させようとしたんだ。とうに解消してある。瞳の色が気に入っているのは、まぁ……間違いではないが」

「僕の瞳が、姫と似通っているから……最初から『悪くない』と仰っていたんですね」

「そいつは違う。逆だ」

蒼鷲がやけに楽しそうに自分に構っていた理由をつぶやいたつもりだが、即座に否定されて目をしばたたかせる。

でも、姫もそのようなことを言っていたのに……『逆』とはどういう意味だ？

「俺が種明かしをするのではつまらん。自分で考えろ。……それはそうと、この涙の色は初めて見たな」

翠蓮の頭にポンと手を置いた蒼鷲は、うっかり蚊帳の外へ追い出しかけていた蒼い涙の結晶をまじまじと見詰める。

蒼樹と翠蓮のあいだに視線を往復させて、

「なにか違うのか？」

そう言いながら、指先に摘まんだ結晶を自分の口に入れようとした。

焦った翠蓮は、腰かけていた寝台から勢いよく立ち上がって蒼鷲の右腕にしがみつく。

「いけません！　その蒼の元……蒼い花は、人間には毒です！」

「……ああ？　それは本当か」

動きを止めて翠蓮を見下ろす蒼鷲に、何度も大きくうなずき返した。

守護鳥である蒼樹には、無害だ。でも、人間が摂取すると毒になると書かれていた。果実よりも、花弁のほうが毒としての成分はわずかであるとはいえ……毒が原料だと知っている蒼い涙の結晶を、蒼鷲の口に入れさせるわけにはいかない。

右手を下ろした蒼鷲に、ホッとしたのは一瞬だった。強い力で頭を挟み込まれ、顔を仰向けられる。

「おまえは、その花弁を食したんだな？」

食い入るような鋭い視線で見つめられて、背筋にゾッと悪寒が走った。

蒼鷲は、翠蓮を脅すようなことを言いながらも常に余裕を漂わせていて、どこか飄々としている。なのに、今は別人のようだ。これほど険しく、真剣な眼差しを向けられるのは初めてだった。

「量を、誤らなければ……大丈夫だと。涙を蒼くするためです。蒼樹の羽の色を……蒼く戻すのに、他の手段を思いつかなかったんです」

翠蓮は、しどろもどろになりながら他に手段はなかったのだと語った。すると、蒼鷲の端整な顔に刻まれた眉間の皺が深くなる。

「いい加減にしろ！　どうしておまえは、いつも自分一人で物事を解決しようとする。俺は、そんなに頼りないかっ？」

「そうでは……違います。蒼鷲様が頼りないなどと思いません。ただ、蒼樹を育てることは僕の責務なので、蒼鷲様のお手を煩わせないように……」

蒼鷲のことを頼りないと思っているわけではないと、懸命に言い返す。伝えたいことはいくつもあるのに、上手く言葉にできない。

翠蓮がもどかしさに唇を噛むと、蒼鷲が声調を落として、頑是ない子供に言い聞かせるように言葉を綴った。

「それが、俺を除外しているって言ってんだよ。蒼樹は俺の守護鳥だ。橙夏も言っていただろう。二人で協力しろ……と」

一旦言葉を切った蒼鷲は、翠蓮の両手を握って「いいか」と続けた。

「おまえだけではない。俺だけでもない。一人だけだと、翼は片方だけだ。二人で両の翼になる。そうして、共に育てるものだ」

ギュッと両手を握る手に力を込めて、翠蓮に思い知らせようとする。

抱卵役に選んでくれたのだから、きちんと育てなければならないと、一人で頑張っているつもりだった。

蒼鷲は自分から関わろうとせずに、少し離れたところから見物しているだけで、無責任だと憤ったこともある。

でも蒼鷲は、翠蓮が『共に』と頼るのを待っていたのかもしれない。

思えば、「お願いしろよ」と……ふざけているのか真剣なのか迷う調子ではあったけれど、助けを差し向けられたことが何度もある。

　自分だけで蒼樹を育てると、意図したわけではなくとも蒼鷲を除外していたのは、翠蓮のほうだった？

　蒼鷲は、きちんと自分たちを見てくれていたのに。

「蒼鷲様……僕は、そんなつもりでは……。でも、二人で両の翼となるなどと、考えたこともありませんでした」

「では、今すぐ考えろ。俺を……仲間に入れろ」

　蒼鷲が口にしたと同時にバサッと羽音が響いて、蒼い翼のオウムが蒼鷲の肩に舞い降りた。

　これまで存在を主張せず、蒼樹はジッと息を潜めて自分たちのやり取りを聞いていたのかもしれない。

「蒼樹も……翠蓮も、俺を除外するなよ。こんなふうに、誰かと手を取り合おうと思ったのは初めてなんだ。どうせ誰にも理解されないから、誰にどう思われてもいいと、気ままに振舞っていた。でも、そのせいで翠蓮が顔を背けるのなら……俺は、自分の行いを初めて悔いることになる。俺にこんなふうに思わせるのは、おまえだけだ」

　いつも自信に溢れている蒼鷲の意外な言葉に、唇を震わせた。

　そんなふうに思われているなど、考えたこともなかった。

　翠蓮は自分のことだけに精いっぱいになっていて、蒼鷲がどう考えているかなど……思いや

る余裕がなかった。

「申し訳ございません。ごめん……蒼樹。僕だけじゃ、なかったのに」

一人ではないと言い聞かされて初めて気がつくなど。愚かな……と唇を噛む。

蒼鷲は忍耐強く翠蓮の助力を求める声を待っていたし、蒼樹は懸命に厳しい翠蓮の教育に応えようとしていた。

空回りする翠蓮を、蒼鷲と蒼樹が支えてくれていたようなものだ。

「わかったら、これからは勝手なことをするな。……蒼い花の毒は、身体に害のあるものじゃないのか？ おまえに万が一のことがあれば、俺も蒼樹も自分を許せない」

翠蓮を見下ろす蒼鷲の蒼い瞳に浮かぶのは、不安と心配だ。

翠蓮も図鑑で得た知識しか持っていないので、確かなことは答えられない。

「害のない量を、摂取したつもりです。予想通り涙が蒼くなったので、これをしばらく蒼樹に食べさせます。いずれ元に戻るはずです」

蒼鷲は、翠蓮の言葉に大きく息をついて、握っていた両手を離す。

ぬくもりが離れて行った途端、ふっと物寂しいような感覚に襲われて顔を上げた。その視界が、影に覆われる。

「あ……」

灯明の光を遮られた理由が、蒼鷲の両腕の中に抱き込まれたからだと気づいて、肩の力を抜いた。

長い腕の中、身体を預けてしまえばこれほど心が凪ぐのだと初めて知り、胸の奥がぬくもりでいっぱいになる。

『蒼鷺サマ、翠蓮……スキ？』

蒼樹の声に、心の中で「好きだ」と答えて細く息を吐いた。

蒼鷺様が好きだなんて……畏れ多いこと、声に出しては言えない。

言ってはいけない。

《八》

蒼鷺の口数が、いつになく少ない。

夕餉の時もほとんど雑談をすることなく、その代わりのように普段より多くの葡萄酒を口に運んでいたのだ。

翠蓮が進んで話題を提供することはないので、食卓は静まり返り……蒼鷺の様子が異なるのを感じ取ってか、蒼樹も大人しく翠蓮の肩にとまっていた。

昼過ぎから夕刻にかけて、王族を集めた長い会議があったそうだから、そのせいだろうか。

自由な振る舞いもあってか、一番年の近い朱凰を除いて蒼鷺と親族との折り合いがあまりよくないことは、漏れ聞こえて来る噂だけでも察せられた。

蒼鷺に続いて湯浴みを終えた翠蓮の目に、寝椅子に腰かけた蒼鷺が映る。腕には、蒼樹がとまっていた。

微笑を滲ませた翠蓮は、寝椅子の背もたれ越しに声をかけようとした。けれど、蒼鷺が蒼樹に話しかけたことで言葉を呑み込む。

「……橙夏から聞いただろう」

『ハイ』

「おまえも、朱璃も……覚悟を決めているのか」

『橙夏サマに、従うまでデス。大丈夫デス！』

覚悟を決める、とか……なんとなく大仰な言い回しだ。まるで、なにか危険の伴うことが待ち構えているみたいでは。

唇から笑みを消した翠蓮は、寝椅子を回り込んで蒼鷲と蒼樹の正面に立った。

「翠蓮。どうした、怖い顔をして」

「申し訳ございません。先ほどの、蒼樹との会話の意味は……なんでしょうか」

蒼鷲に対する遠慮をやめることにしたせいで、こうして疑問をぶつけることができるようになった。

蒼鷲も、翠蓮が意地を張らなくなったことで、子供のような意地悪を仕掛けて来ることが減ったように思う。

完全になくなったわけではないのは……元の性格だから仕方がないと、改善の期待は諦めている。

「ここに座れ」

「……はい。失礼します」

寝椅子の左隣を指差されて、腰を下ろす。誤魔化しは許さないと、視線に思いを込めて蒼鷲と目を合わせた。

「ふ……真っ直ぐにこちらを見るおまえの瞳は、強くていい。遠慮がちに逸らされるより、ずっと魅力的だ」

「お褒めいただき、恐縮です。覚悟とは、なんですか？」

話題を逸らそうとしたのか、意図したわけではなく思いつきをそのまま口にしただけなのか、いまいち読み取ることができない。

だから、改めて問い質すことにした。

翠蓮の態度は、王族に対して不敬だと言われても仕方のないものだったはずだが、蒼鷲は愉快そうな笑みを浮かべる。

「怖い顔をするな。話さないとは言っていないだろう。……数日前に、東の地で巨大な雷雲が発生した」

翠蓮の頬を軽く撫でた蒼鷲は、端整な顔から笑みを消して静かに語り始めた。表情も声も真剣そのもので、翠蓮は息を潜めて耳を傾ける。

「水分を集め、成長しながら風に乗って移動しているらしい。通過地域は、未曽有の被害を受けている。落雷による火災で村の半分以上が燃えたり、拳より大きな氷の塊が降ったり……運が悪いことに、氷の塊に直撃されて犠牲になった住民もいるそうだ」

「そんな……」

言葉もない翠蓮がチラリと目を向けた窓の外では、細かな雨が降っている。

もしかして、この雨もその雲の影響なのか……と思い浮かんだと同時に、蒼鷲が続きを語り始めた。

「視察してきた騎士によれば、拳大の氷の塊を降らせる巨大な雲は、明日には王都近辺にまで到達するだろう……とのことだ。王都を直撃するか、少しでも逸れるか、雲がわずかながらでも蒸発して衰えるか……現段階では、わからない」

見たこともない『巨大な氷の塊』は、恐怖でしかなかった。そんなものが降り注げば、王都も無事では済まないはずだ。

蒼鷲が思い悩んでいたのは、この話が王族を集めた会議での議題に上がったことが原因なのだろう。

コクンと喉を鳴らした翠蓮は、会議で対策を話し合って来たであろう蒼鷲に尋ねる。

「どうするんですか？」

「……王族の守護鳥は、個人の護りであると同時に国の護りだ。それぞれ、属性があることは翠蓮も知っているだろう？　橙夏を始めとした、炎を属性とする鳥を解放し、解放された姿で雲に向かわせ、彼らの吐く炎で蒸発させる。そう都合よく雲を消滅させられるかどうかはやってみないことにはわからんがな。橙夏のみでは困難でも、炎属性の鳥が力を合わせれば、なにもしないよりは回避できる可能性がある……という結論に達した」

蒼鷲の語ることは、納得できる。封印を解かれた守護鳥たちが力を合わせれば、きっと無意味ではないとも思う。

でも……橙夏たち、とは？

翠蓮の疑問は、目に表れていたに違いない。蒼鷲が、ぽつりと続ける。

「炎属性は、橙夏と朱璃だ。……蒼樹も、補佐として帯同させる」

予想外の言葉に、「え？」と目を瞠る。

朱璃と蒼樹は、まだ成鳥になっているとは言い難い。外見はただのオウムでしかなく、封印を解くことも困難なはずだ。

なにより、そんな危険なことに参加させるのは嫌だ……と思うのは、翠蓮個人の身勝手な感情だとわかっている。

「蒼樹は、橙夏から説明を受けている。その上で、承諾した。そうだな？」

『ハイ！　蒼樹ハ、火ヲ吐けナイ。デモ、お手伝いハ……デキる！』

凛々しい答えだ。蒼樹は、すっかりそのつもりで覚悟を決めている。

それなのに、翠蓮だけが心の中で「嫌だ」と繰り返している。

蒼樹を見る自分が、どんな顔をしているのかわからない。黙り込んだ翠蓮に、蒼鷲が静かに語りかけて来た。

「蒼樹の封印を解くのには、良質な涙の結晶が多く必要になる。翠蓮……おまえの協力が必要だ」

「どう……すれば」

蒼樹を行かせたくないという翠蓮の思いは口にできないまま、不安な心を置き去りにされて話が進められる。

動揺を抱えて聞き返すと、蒼鷲は無言で翠蓮の唇に指先で触れて来た。

「あの……？」

「以前、言って聞かせたことがあるはずだ。快楽の涙は、純粋で良質だ。おまえをからうための、口から出任せではないからな」

その言葉が意味するところを、理解できない……とは言えない。

そして、今の自分に拒否権がないことはわかっている。

「蒼樹の身に、危険はないのでしょうか」

こんな尋ね方をすれば、蒼鷲は「ない」と返すしかないはずだ。そう予想がついているけれど、蒼鷲の揺るぎない言葉を聞けば不安を抑えられる。

蒼鷲は、翠蓮の望むままの答えをくれた。

「氷属性だろうからな。氷粒を浴びたところで大した傷は受けないはずだし、橙夏たちの炎にも立ち向かえる」

蒼鷲がそう言うのなら、信じられる。

スッと息を吸った翠蓮は、横目で蒼樹を見ながら蒼鷲に答えた。

「わかりました。僕にできることは……なんでもします。蒼樹と、橙夏さんや朱璃と、王都の民のために」

微笑を浮かべた蒼鷲は、無言で翠蓮の髪を撫でる。

その手が、これまでになく優しくて……何故か泣きたい気分になった。


蒼鷲の寝台には淡い灯明の光がわずかに届くだけで、窓の外は漆黒の夜闇に覆われている。

降水量が増えたのか、ザー……と室内にまで雨音が聞こえて来た。

明日の朝には飛び立つことが決まっている蒼樹は、英気を養うために翠蓮の部屋にある鳥籠で眠っている。

「いつまで蒼いんだろうな」

蒼鷲は、寝台の上で向かい合わせに座った翠蓮の目尻をそろりと人差し指の腹で撫でながら、ぽつりと口を開く。

やんわりと触れられるのがくすぐったくて、肩を竦ませた。

「橙夏さんは、取り込んだ蒼い花の成分が抜けると透明に戻ると言っていましたが……それがいつなのかは、わかりません」

「毒であれば、できる限り早く出し切ったほうがいいだろう。どちらにしても、明日の蒼樹のためにしっかりと涙が必要だ」

　明日の蒼樹という蒼鷺の一言に、翠蓮は表情を曇らせた。

　巨大な雹を降らせる雷雲を消滅させるため……王族会議で決められたという方法に、翠蓮が異議を唱える資格はない。

　でも、その手段として選ばれた守護鳥たちの身の安全は、本当に確保できるのだろうか。

「そんな顔をするな。火属性の守護鳥は、橙夏……と、たぶん朱璃だけだ。あの二羽が自らの炎に焼かれそうになった時、立ち向かうことができるのは氷属性の蒼樹だ。兄の守護鳥に水属性はいても、封印を解けば凍鳥となるはずなのは蒼樹のみだからな」

「封印は、どのようにすれば解けるのでしょうか。涙の結晶を口にするだけでは、解けそうにないのですが」

　普段から口にしているのだから、涙の結晶だけでは封印の解除には不足なはずだ。

　翠蓮の疑問に、蒼鷺も首を傾げる。

「兄たちの守護鳥は成鳥なので、自ら解くことができる。蒼樹と朱璃は、まだ成鳥になりきっていない。橙夏の封印が解かれれば、それに導かれるだろう……と推測されている」

　確実なものは、一つもない。蒼樹も朱璃も、まだ育ち切っているとは言い難く、ほぼすべてが可能性の段階だ。

それでも、脅威に立ち向かう手段として火属性の守護鳥の炎で雨雲を消し去ることが選択されたのだから、可能性に賭けるしかない。

より質のいい涙の結晶を与えることが、わずかながらでも蒼樹の身を護ることになるのであれば、翠蓮には拒む理由などなかった。

「でも、こんなことで……本当に、極上の涙となります……か？」

「純粋な快楽の涙は、他に代え難いものだ。ついでに、蒼い涙を流し切ることができればいい。遠慮なく泣いていいぞ」

そう笑いかけられても、翠蓮には返す言葉がない。

蒼鷲の手が伸びてきて服を剥ぎ取られても、小さく肩を震わせただけで、逃げることなど考えられなかった。

「蒼樹のためとか……使命感に駆られてではなく、腕に抱きたかったたが」

翠蓮の首筋に唇を押し当ててつぶやいた蒼鷲の声は、いつになく小さくて、ハッキリと聞き取ることができない。

「……蒼鷲、様？」

「翠蓮は、明日のことも……涙の色も、余計なことは考えなくていい。俺のことだけ考えて、身体を預けろ」

「ん……」

蒼い瞳が視界に映り、言葉を封じるかのように唇を重ねられる。

蒼鷲の口づけは、翠蓮の頭から容易く思考力を奪う。そうしろと言われるまでもなく、心身が蒼鷲だけでいっぱいになる。

口づけを解いた蒼鷲は、寝台に膝立ちになって寝間着をはだけた。灯明の光が照らす蒼鷲の肢体は程よく鍛えられた筋肉に覆われていて、芸術家が丹精込めて彫り上げた美術品のように美しかった。

ぼんやりと目を奪われていた翠蓮だが、寝間着の袖から腕を抜いて脱ぎ捨てた蒼鷲が顔を上げたことで我に返る。

自分が不躾な目でジロジロと見ていたことに気づいて、慌てて視線を逸らした。

心臓が、全力で走った後のようにドキドキしている。

「そんな顔をするな。泣かせていいという大義名分があるせいで、際限なくイジメたくなるだろう」

「っ、蒼鷲様……ッ」

抗議の声は、またしても口づけに阻まれた。

ズルい。こんなふうに触れられれば、翠蓮はなに一つ反発することができなくなる。なにもかも、蒼鷲の思うがまま……容易にその腕に落ちて行く。

ふらふらと揺れる身体を抱き寄せられ、蒼鷺の膝に乗り上げる体勢になっていることに気づいて焦った。

「蒼鷺様っ、こん……な、離してください」

畏れ多い、という慄き（おのの）で声が震える。蒼鷺は、落ち着きなく視線を泳がせる翠蓮にクッと笑って、更に強く背中を引き寄せた。

「いい眺めだ。おまえの瞳がよく見える。不安定で怖いのなら、俺にしがみついてろ」

「そんな……の、ぁ」

翠蓮は「とんでもない」と首を横に振ろうとしたのに、蒼鷺は反論の間を与えてくれなかった。

口づけで翠蓮の言葉を封じながら、するりと背中を撫で下ろす。素肌で感じる蒼鷺の手のぬくもりに、肌がざわざわと騒いだ。

腰を通過して更にその下まで滑り落ちる指に、ビクッと肩を強張らせた。

「どのように俺を受け入れるか、知っているか？」

「……ぼんやりと、ですが」

夜遊びに誘われても「結構」の一言で撥ねつける翠蓮に、余計なことを教えようとする人間は、一人や二人ではなかった。

異性間、同性間の情交について露骨に話して聞かせることで、翠蓮から動揺を引き出して気を引こうとしても、すべて表情を変えることもなく黙殺したのだが。

聞き流していたアレコレが、我が身に起きるとは想定外もいいところだ。しかも……触れられることに羞恥は感じていても、嫌悪は皆無だった。

すべて、相手が蒼鷲だからだということはわかっているけれど、未知の自分を引きずり出されそうで怖い。

「誰に吹き込まれたのかは知らないが……説明しなくていいのなら、手っ取り早いな。傷つけたいわけじゃないんだから、暴れるなよ」

「は……い、ぁ！」

消え入りそうな声で返事をすると、ぬめりのある液体を纏った指を後孔に押し当てられる。なにかゴソゴソしているとは思っていたが、会話で翠蓮の気を逸らしているあいだに準備していたらしい。

変な声が出そうになる。どこに意識を集中させればいいのかわからなくて、無意識に右手首に噛みついた。

「こら、噛むな。俺の肩に掴まってろ」

目敏(めざと)く蒼鷲に見咎(みとが)められ、肩を掴むよう促される。

そんな無礼なことはできないと、小刻みに首を横に振る。眉毛を震わせた蒼鷲は、拒む翠蓮が気に食わないのか、目を細めて指を深く突き入れて来た。

なる。

「遠慮するな。まぁ、どうせすぐに、なにも考えられなくしてやるけど……な」

蒼鷲の声が遠い。耳の奥で、自分の鼓動がドクドク響いてうるさい。

身体の奥から、熱がどんどん湧き上がり……蝋燭（ろうそく）のように溶けて行くのではないかと、怖く
なる。

「ゃ、蒼鷲様……っ、ぁ……っん」

最初は違和感しかなかった蒼鷲の指も、抜き差しされるたびに勝手に身体が震えて夢中で呑み込もうとしていて、戸惑う翠蓮を無視して歓迎しているみたいだ。

「苦痛……ばかりではないようだな」

「あっ、ゃ……ダメです。そんな、蒼鷲様……が、そのような」

もう片方の手で、翠蓮自身も知らないうちに熱を帯びていた屹立（きつりつ）を包まれる。その途端。ビリビリと全身が震えるような鋭い感覚が広がり、全身を駆け巡るのを感じた。

蒼鷲の手にそんなところを触られている……と畏れ多さに首を振る翠蓮に、蒼鷲は低く笑った。

「こっちも、ずっと触っているんだけどな。……どちらが感じる？」

屹立を緩く握り込んだ手と、じっくりと後孔を開こうとする指と……どちらがいいかと聞かれても、答えられなかった。

身体中、あちこちが燃えるように熱い。蒼鷲の手に触れられているところは、なにもかも未知の快楽を生んだ。

「やっ、ぁ……わかり、ませ……ん。もっ、どっちも熱……くて。蒼鷲様に触れられるところ、全部……っ」

蒼鷲の指が、翠蓮の身体を変えて行く。息が詰まりそうなほど苦しいのに、淫らな熱が身体の奥から際限なく湧き上がるみたいだ。

蒼鷲の肩に置いた手が、どうしようもなく震える。手のひらで感じた蒼鷲の肌も熱を帯びていて、動悸が激しさを増した。

「くそ、おまえ……可愛すぎるだろ。もっと、どろどろに慣らしてやりたかったのに……」

「いい、です。僕だけ、乱れるなら……蒼鷲様も、一緒に」

熱っぽく潤んだ蒼色の瞳を、ジッと見詰める。愛らしい姫ではないのに、その気になってくれるのかと奇妙な悦びが胸の奥に満ちた。

「煽るなよ。どんな目に遭っても……知らねぇからな」

「ッ……ぁ！」

指を引き抜かれたかと思った直後、それまでとは比べようのない圧倒的な熱に侵食される。

翠蓮は衝撃に声を出すこともできず、躊躇いを投げ捨てて目の前の肩に縋りついた。

怖い。苦しいのに、強く背中を抱き寄せる手を離さないでほしいと願ってしまう。

熱っぽい息をついた蒼鷲が翠蓮の頬を撫でたことで、深く身体を重ねられていることに気づいた。

「後で、一粒残らず拾っておく。だから、遠慮なく涙を零せ」

「ッ……ん、ァ……っっ」

翠蓮を泣かせようとしてか、容赦なく身体を揺さぶられて意図せず涙を落とした。視界の端に、キラキラと灯明の光を反射しながら寝台に落ちる蒼い結晶が入る。

しがみついた蒼鷲の肩にも、細かな結晶が鏤(ちりば)められた。

蒼樹に、そして皆のために……涙が必要だから。

手放しで蒼鷲に寄りかかっても、今だけは許される。

誰にも咎められることのない大義名分を振りかざして、夢中で蒼鷲の背中に抱きついた。

このまま、ずっと夜が続けばいい。

蒼樹も、朱璃も、橙夏も……誰も危険な目に遭うことのない、夜の闇が王都を覆ってしまえばいいのに。

どんなに願っても、分厚い灰色の雲にも完全に遮られない朝陽が夜の闇を払い、うっすらと世界が明るくなる。

蒼鷲の腕に抱かれたまま浅い眠りから目を覚ました翠蓮は、朝の訪れを悟ってひっそりと嘆息した。

小さな蒼い結晶が、一粒だけ蒼鷲の唇の端についていることに気づいて、指先でそっと摘む。

「……翠蓮。朝か」

「はい」

数回まばたきをした蒼鷲は、それ以上なにを言うでもない。でも、翠蓮の指から引き取った蒼い結晶を目に映して、「蒼樹に食わさないとな」とつぶやいた表情は、出陣を鼓舞している雰囲気ではなかった。

立場的にも、言葉にはできない思いを抱えている。翠蓮と同じくらい、蒼樹たちを案じているのだと伝わって来たから、無理やり笑みを浮かべた。

自分は蒼樹……王鳥の抱卵役であり、成鳥となるまでの養育者だ。蒼樹が自らの立場を自覚して国を護ろうとしているのだから、引き留めるのではなく、遣り遂げることと無事の帰還を信じて送り出さなければならない。

「蒼樹、まだ寝ているかもしれません。起こして来ましょうか」

翠蓮の言葉に意外そうに目をしばたたかせた蒼鷲だが、翠蓮が自分の役目を果たそうとしていることを察したのだろう。

「そうだな」

短く答えて、髪を撫で回して来る。

その手があたたかいせいで鼻の奥がツンと痛くなったけれど、唇を噛んで寝台から足を下ろした。

□　□　□

小雨の降る中、王宮の庭に守護鳥を携えた王族や高位の騎士たちが並んでいる。

群衆の最前列に、心許なさそうな表情で立ち尽くす黒髪の少年を見つけて、そっと歩み寄った。

「眞白」

「あ……翠蓮さん」

背後から肩を叩くと、眞白はパッと振り向いた。

今にも泣き出しそうな顔を、笑うことはできない。翠蓮も、顔には出していないつもりだけれど同じ心境だ。

きっと今は、眞白が最も不安を分かち合える相手だろう。

本当は、蒼樹を行かせたくない。でも、引き留めてはいけない。

　なにかしゃべっていなければ、揺らぐ心を隠した顔を保てなくなりそうで、眞白に話しかける。

「朱凰様の守護……朱璃は、炎属性なんだな。噂では羽が白いと聞いていたけど、見事な朱色じゃないか」

　チラリと庭で見かけた際は、白い羽にほんの少し朱が交じっていただけだったのに……今は見事に色づいている。

「……そうです。羽は、孵化してすぐの頃は白かったんです。少しずつ色づいて、今はあのように……」

　眞白が目を向けた中心部には、騎士長である紫梟の肩にとまった橙夏と、朱凰の肩にとまっている朱璃がいる。

　ジッと彼らを凝視している眞白に、小さく息をついて話しかけた。

「そんなに不安そうな顔をするなよ。蒼樹……蒼鷲様の守護鳥も、支援につく。朱璃が暴走して自らの炎に焼かれそうになっても、蒼樹が羽ばたいて氷粒を浴びせれば容易に消火できる。僕が育てたんだから、蒼樹は優秀な王鳥だぞ」

　自分自身にも言い聞かせるつもりで、眞白にそう言いながら強く背中を叩いた。

　不安は伝播する。うじうじするな、と目を合わせた眞白に視線で告げる。

「はい。蒼樹さんの支援は、心強いです。大丈夫……ですよね」

「朱璃も蒼樹も、橙夏さんも……大丈夫に決まってる」

言い切った翠蓮は、真っ直ぐに王族とその守護鳥たちを見詰めた。

長身で黒髪……一際目立つ蒼鷲の姿は、どこにいても視線で追える。ジッと見詰める翠蓮の視線に気づいたかのように、蒼鷲がこちらに顔を向けた。

隣にいた朱凰と、一言、二言……短く言葉を交わしたかと思えば、蒼鷲の肩にとまっていた蒼樹が自分たちのほうへ飛んで来た。

『翠蓮。蒼鷲様がお呼びデス』

バサバサと羽ばたいて翠蓮の頭上を舞った蒼樹は、それだけ言い残して蒼鷲のところへ戻って行った。

蒼鷲が、呼んでいる。それならば、ここに立っている理由はない。

「眞白、行こう」

「翠蓮さん、でも僕は……あ」

躊躇う眞白の手首を掴むと、引きずるようにして蒼鷲と朱凰の元へ歩みを進めた。

朱凰と言葉を交わしたということは、朱凰も眞白を傍に置きたがっていると受け取って間違いないはずだ。

蒼鷲は、眞白を引っ張って来た翠蓮に愉快そうに笑いかけて来た。

「いつの間に、朱凰の守護鳥……朱璃の抱卵役と、お友達になったんだ？」

「友達ではありません。あそこに放って行ったら、みっともなく泣きそうだったから連れて来たんです」

翠蓮の返事に、「そりゃ親切な」と言いながら肩を震わせている。どうにも緊張感がない。

でも、いつも通りでいてくれる蒼鷲につられてか、肩から力が抜けるのを感じた。

だがそれも、次に蒼鷲が発した言葉で再び強張ることになる。

「王が合図を送るぞ」

「おまえたちの働きに期待しているぞ。出陣！」

玉座の国王が右手を上げると同時に、紫梟の肩にとまっていた橙夏がバサッと力強く羽ばたいて飛び立った。

集まった観衆の歓声を浴びながら、上空を一周、二周……三周目に旋回したところで、眩い光を放つ。

頭上を仰いでいた翠蓮は、瞼を伏せて光が収束するのを待った。

数秒後、目を開いた翠蓮は思わず「すごい」と零す。

頭上を飛ぶ橙夏は、見慣れた橙色のオウム……ではなかったのだ。

大きさは、自分と同じくらい。翼の先端と尾羽は流れるように長く伸び、書や図画でしか目にしたことのない孔雀に似た様相だ。

そして、普通の鳥とは明らかに異なる点があった。

「火属性って、こういうことか」

燃えるような真っ赤な翼なのかと思ったけれどそうではなく、全身に紅蓮（ぐれん）の炎を纏っているのだ。

言葉を失うくらい美しくて、呆然と空を見上げるばかりになる。

すぐ近くから、

『朱璃モ！　飛ブ！』

と聞こえて来たことで、現実に立ち返った。

目を向けた先、朱凰の肩にとまっている朱璃が羽をバタバタ動かしている。

「そう慌てるな。今、眞白の涙を……」

朱鳳が懐から折り畳んだ白い布を取り出し、キラキラ輝く紅色の結晶を朱璃に差し出した。

眞白の涙の結晶に違いない。

ただ、花を摂取したことで蒼く色づいていた翠蓮と同じように、鮮やかに色づいているのが不思議だった。

眞白もなにか、似たような花か木の実を口にしたのかもしれない。

『眞白、キラキラ涙……スゴイ。今までデ一番、甘イ！』

紅色の涙の結晶を啄んだ朱璃が、バサッと翼を広げて朱凰の肩から飛び立った。

橙夏の後に続いて、上空を旋回し……朱色の光に包まれる。その光の中から現れた朱璃はもはやオウムではなく、立派な翼を持つ美しい王鳥だった。

炎を纏っている橙夏とは異なり、全身が朱色に発光している。

「ふーん、朱雀だな。おい、蒼樹。おまえも行って来い。雲なんかに負けんなよ」

飛び立った朱璃を眺めていた蒼鷲が、ボソッとつぶやく。腕にとまった蒼樹に話しかけると、
蒼樹は羽をバタつかせて答えた。

『ハイ!』

「気をつけて」

無理をしないでとは言えず、精いっぱいの心配りを告げる。蒼樹は大きくうなずき、蒼鷲が
手のひらに乗せた翠蓮の蒼い涙を啄んだ。

一欠片も残さず食べ尽くして、バサッと羽音を立てて飛び上がる。

「蒼樹……」

見上げる翠蓮の声は聞こえなかったはずだが、他の鳥と同じように広場を旋回して蒼い光に
包まれた。

見上げた翠蓮の目に映るのは、大きな翼と長い尾を持つ優美な蒼い王鳥だ。その羽に当たっ
た雨粒が、輝く氷の欠片になって舞い落ちて来る。

水ではなく、氷属性。凍鳥という言葉の意味を、蒼樹の変化を目の当たりにして悟った。

「蒼鷲様」

「立派に育ったなぁ。おまえのおかげだ、翠蓮」

「……もったいないお言葉です」

左手で頭を抱き寄せられて、ぐしゃぐしゃと髪を撫で回される。朱鳳や眞白、他の王族たちの目があるのだから、あまり密着しないでほしいと思うのに、その腕の中から抜け出すことができない。

「気にするな、どうせ皆、空しか見ていない」

蒼鷲が指差した先には、不気味な灰色の雲の塊がある。そこを目指して飛び立った鳥たちは瞬く間に点のように小さくなり、もう目に映すことはできない。

国王や他の王族は雨の当たらない屋内に引き揚げたけれど、蒼鷲と朱鳳は広場にとどまっていた。

朱鳳の脇に立つ眞白も、不安そうに巨大な雲の塊を見詰めている。

「蒼鷲様。蒼樹の帰りを、ここで待っていてもいいでしょうか。蒼鷲様は雨」

雨に濡れないところへ、と言いかけた翠蓮の言葉を、蒼鷲が遮る。

「もう濡れてる。蒼樹の初仕事なんだ。主が出迎えてやらないとな」

「はい」

当然だという蒼鷲に頬を緩めてうなずいた直後、空の変化に気がついた。

降り続いていた雨の粒が小さくなり、視界が明るくなって来た。

つい今しがたまで、夕刻のような薄暗さだったのに……？

ハッとして東の空を見上げると、真っ黒な巨大な塊だった雲がいくつもの小さな欠片となり、合間から幾筋もの光芒が大地へ降り注ぎ、一部では青空が見え隠れし始めている。

あの光が、意味するものは……。

「遣り遂げたな」

「………」

唇に微笑を浮かべた蒼鷲は、任務は成功だ、と言いたいのかもしれない。

でも翠蓮は、蒼樹が……鳥たちが皆、無事に戻って来るまでは成功だとは思えない。

雲が散ったのなら、もういい。少しでも早く戻って来てほしい。

心臓が壊れそうなほどドキドキしているのを感じながら、頭上を仰いでいると、炎に包まれた橙夏を先頭に王鳥たちがこちらに向かって来るのが見えた。

広場の上空で見慣れたオウムの姿に戻り、一目散に舞い降りて来る。広場には大勢の観衆が残っていたのに、帰還した王鳥たちは主を目指してバサバサと羽ばたいた。

迷いなく蒼鷲の肩に降り立った蒼樹に、翠蓮は夢中で手を伸ばす。

「蒼樹っ、怪我……は？　どこも痛いところはない？」

『ナイデス！　蒼鷲サマ、ただいま戻りマシタ！』

誇らしげに報告した蒼樹に、蒼鷲は満足そうに笑ってうなずく。

「よくやった」

「偉い。すごい、蒼樹。よく頑張ったね」

もっとたくさん、褒め讃えることのできる言葉はあったはずなのに、思い浮かばない。

もどかしさに唇を噛んだ翠蓮に、蒼樹は『ビィ』と子供のような鳴き声を上げる。

『翠蓮ニ、褒められタ。ヤッタ！』

無邪気に喜ぶ蒼樹が可愛くて、うつむいた翠蓮は目尻に滲んだ涙をこっそりと拭った。

袖口が、涙で湿って……。

「あ」

結晶しない。色もなく、ただの涙だ。

透明の涙を確認した翠蓮は、役目の終わりを悟る。

顔を上げると、羽を震わせて小さな氷の粒を飛ばす蒼樹に、蒼鷲が「冷たいぞ」と笑っている姿が目に映った。

蒼樹は、立派に育った。

育てるための涙は、もう結晶しない。

『翠蓮』

「おい、翠蓮。なにボケっとしているんだ？　蒼樹を撫でてやれ。今日くらい、存分に甘やかしてやってもいいだろう」

蒼鷺に手招きをされて、深呼吸で動揺を抑えると大きく一歩踏み出す。

「今日だけです」

『今日ダケ？　でもイイ、デス！』

蒼鷺の肩にとまったまま、頭を差し出してきた蒼樹の飾り羽を指先で撫でる。手のひらに顔を擦り寄せて来るのが可愛くて、ジッと見ていたら鼻の奥が痛くなって来て……目を逸らしながら、鮮やかな蒼い羽に指先で触れる。

役目を終えた抱卵役は、可能な限り希望が通り、城での要職に就くことができるはずだ。でも、自分は……別のところで働かせてもらおう。

これからは、蒼樹も、蒼鷺も……気安く接していい存在ではない。

視界に入れながら、触れることも直接言葉を交わすこともできないのなら、完全に離れてしまったほうがいい。

《九》

コンコンコンと扉に拳を打ちつける音に続いて、ほんの少し隙間が開けられる。

「翠蓮兄様。ちょっといいですか？」

「うん。どうかした？」

翠蓮が答えると、扉が大きく開かれて、金色の髪の少年が入ってきた。胸元には、数枚の白い紙を抱えている。

「翠蓮兄様は、守護鳥の抱卵役をお務めになったと、父上から聞きました。先日の守護鳥の活躍を絵にするよう先生に言われましたので、どんな鳥がいたのか教えてください」

「……いいよ」

もうすぐ九歳になる弟の萌黄は、可愛い。自分と兄に血の繋がりがないことを知らないから、一途に慕ってくれる。

血統的に、少しでも近いほうがいいだろう……と、養父の末弟のところに生まれた三番目の息子が養子としてこの家に来たのは、翠蓮が十歳の時だ。

それでも、もう不要になったからと家から追い出さなかった養父母には恩義を感じている。

それだけでなく、弟が来る前と変わらず、貴族として恥ずかしくない立ち居振る舞いができるよう教育を受けさせてくれたのだ。

翠蓮が抱卵役を目指したのは、王鳥の育成に関わる大役に選ばれることが、貴族にとって大変な名誉となるからだ。

しかも、どの王子や王女より困難だろうと噂されていた蒼鷲の抱卵役を、見事に勤め上げて家名を上げるという目的は果たせたはずで……役目を終えて帰宅した翠蓮に養父母は大喜びしてくれたけれど、当の翠蓮は思い描いていたほど誇らしい気分にならなかった。

「王鳥の羽は、どんな色がありますか?」

「僕が知っているのは、橙色と朱色と……蒼色かな。羽の色によって、能力が異なるんだ」

「だいだいと、あかと……あお。羽の色で、力が……違うということですね」

萌黄は翠蓮の説明を真剣に聞いて、紙に書き記している。

翠蓮の言葉を素直に吸収して一生懸命に学ぼうとする姿は、蒼い羽を持つオウムを否応もなく思い起こさせた。

夜空から姿を消していた月が、また満ちようとしている。

それなのに、翠蓮は心をあの離宮に置き忘れてしまったかのように空虚な日々を送っている。

なにもしていないうちに一日が終わり、味気ない日々の繰り返しだ。

城を出た翠蓮には、その後の蒼鷲や蒼樹の様子を漏れ聞こえて来る噂でしか知ることができない。ただ、芳しくなかった蒼鷺の評判がずいぶんといいものになったようなので、それだけで満足だ。

「蒼い羽の鳥って、あんな感じでしょうか」

「あんな？」

またしてもぼんやりとしていた翠蓮は、萌黄の言葉に首を捻った。

顔を上げた萌黄は、右手に万年筆を持ったままで翠蓮の背後にある窓を指差している。

不審に思いながら振り向いた翠蓮は、硝子の向こうに見えた蒼い羽の鳥にギョッと目を見開いた。

「蒼……」

名前を呼びそうになったけれど、まさか……と思い直す。よく似た、別の鳥に決まっている。こんなところに、蒼樹がいるわけがない。

振り向いた体勢のまま動きを止めている翠蓮に焦れたかのように、窓の外の鳥が嘴で硝子を突いて来た。

『翠蓮！　開けテ！　開ケテくだサイー！』

「うわっ、しゃべった！」

萌黄は驚きの声を上げ、翠蓮は言葉もなく窓へと駆け寄った。硝子窓を開けたと同時に、蒼い鳥が飛び込んで来る。

『ヤット、開けてクレタ』

翠蓮の肩にとまった蒼いオウムは、間違いなく蒼樹だ。頭を左右に振り、『翠蓮ダ！』と嬉しそうな声を上げる。

「蒼樹！　どうして、ここに……まさか、一人で来た？」

『蒼鷲サマ一緒ダから、へーキ』

蒼樹の口から出た蒼鷲の名前に、グッと胸の奥が苦しくなる。唇を震わせた翠蓮は、「どうして、蒼鷲様が……」と眉根を寄せた。

この屋敷に来る用事が、あったのだろうか。翠蓮がここにいることは、知っている？

逢いたい。

ダメだ。逢ってはいけない。

一度顔を見てしまえば、抑え込もうとしている想いが溢れて……どれほど情けない言動を曝け出すか、予想もつかないのが怖い。

でも、一目姿を見るだけなら……。

「に、兄様……あの、その鳥は？」

戸惑いをたっぷりと含んだ声で萌黄が話しかけて来たことで、恐慌状態に陥りそうになっていた心が平静を取り戻す。

どう説明すればいい？　お城で育てていた、王子様の守護鳥です？

事実をそのまま言えばいいだけかもしれないけれど、どうしてここにいるのか……聞かれても、翠蓮にも答えられない。

シン……と静まり返ったところで、廊下から勢いよく扉を開かれた。

「翠蓮っ。大変。大変なお客様が……」

普段は物静かな養母が、珍しく大きな声を出している。その理由……『大変なお客様』の正体は、聞くまでもなく翠蓮には予想がついた。

養母は翠蓮の肩にとまっている蒼樹に一瞬怯んだようだけれど、それよりも訪ねて来た人物のほうが大事件に違いない。

「お父様が、応接室にお通ししているから急いで」

「わかりました」

なんでもないふうを装ってうなずいた翠蓮は、肩に蒼樹を乗せたまま廊下に出た。

ドクンドクンと大きく脈打つ心臓の音が、耳の奥で響いている。走り出したくなるのを辛うじて堪えて、足を踏み出す。

「お母様。お客様って？」

「ああ……畏れ多くて、口にできないわ。それより、翠蓮の肩にいたあの鳥はなにかしら？」

「わかりません。あの鳥、人の言葉をしゃべるんです！」

「……萌黄、鳥はピヨピヨと鳴くものですよ」

室内から、残された萌黄と養母の会話が聞こえて来たけれど、立ち止まることなく早足で応接室へと向かった。

蒼樹がここにいるのだから、『畏れ多いお客様』は蒼鷲に決まっている。


「失礼します。父上……」

扉に拳を打ちつけると、さほど待つことなく内側から開かれた。

戸口に立った養父は、落ち着かない様子で翠蓮を見下ろす。

「おお、翠蓮。おまえを訪ねていらしたそうだ。蒼鷲様のところに、忘れ物をしたそうではないか」

「忘れ物？」

憶えはないけれど……と思いつつ聞き返した翠蓮は、養父の肩越しに応接室を窺った。布張りの椅子の背もたれから、漆黒の髪が覗いている。

『蒼鷲サマ！　翠蓮いたデス！』

翠蓮の肩に乗っている蒼樹が声を上げると、養父はビクリと身体を硬直させた。

王族の守護鳥の存在は知っていても、間近で目にするのは初めてに違いない。強張った顔で蒼樹を凝視している。

「伯爵、翠蓮と二人で話をさせてもらえるか」

立ち上がった蒼鷲が、こちらに身体を向ける。暗に出て行けと命じられた養父は、ガクガクと忙しなく首を上下させた。

「えっ、ええ……ええ、それはもちろん。ごゆるりとどうぞ」

すれ違いざまに翠蓮に目配せをした意味は……失礼のないようにお持て成しをしろ、といったところか。

パタンと扉が閉まり、応接室には蒼鷲と翠蓮と蒼樹だけが残された。

「あの、忘れ物とはなんでしょうか」

蒼鷲の顔を見ることはできなくて、足元に視線を落として早口で尋ねる。

心臓の動悸は、ますます激しくなっている。蒼鷲の視線を感じて、全身の産毛が逆立つほどの異様な緊張に包まれた。

「俺が元老院のジジイ共に呼び出されているあいだに、黙って出て行ったな」

「申し訳ございません。ご挨拶を忘れていました……か」

未練が残りそうだから、蒼鷲と蒼樹に逢わずに退出することを選んだ。失礼だとはわかっていたが、直接苦情を言いに来るほど気に障ったのだろうか。

「別れの挨拶なら、そのまま永遠に忘れておけ」

「え……？」

間近で聞こえてきた蒼鷲の声に、そろりと顔を上げる。

蒼樹が、翠蓮の肩から蒼鷲の肩へとひょいと飛び移り、『別れナイデス』と嘴で翠蓮の髪を突いた。

「守護鳥が成鳥となってからも、傍に置いておくのに不自然ではない肩書きと、短期間の仮住まいではない部屋と……すべての準備を整えて、迎えに来た」

「迎えに？」

蒼鷲の言っている言葉の意味が、きちんと捉えられない。

手を差し伸べられてもピクリとも動けず、呆然と立ち尽くす。

凍りついたように動きを止めている翠蓮を見下ろした蒼鷲は、ふっと笑みを浮かべて混乱に拍車をかける台詞を続けた。

「俺は、おまえを手放すつもりはない。これからも傍にいろ……と、離宮に戻れば告げるつもりだったのに、当の翠蓮がいないのでは意味がない。口説き文句を聞き忘れているぞ」

「忘れ……って、でも……それは、僕がいただいていい言葉ではありません」

蒼鷲がなにを言っているのか、わからないわけではない。ただ、それが自分に向けられているものだと信じられないだけだ。

立ち尽くしたまま小さく首を横に振る翠蓮の左腕を掴み、自分へ引き寄せた蒼鷲は、鋭い目で見据えながら言い放った。

「受け止めろ。俺が、おまえに向けた言葉だ。おまえがいなくなった離宮は……やけに広いんだ。俺に、そんなことを感じさせるな」

蒼鷲は、いつも自信に溢れていて真っ直ぐで正直だ。だから誤解を生むのだろうけど、その言葉は翠蓮の心に真正面から刺さる。

「でも僕は、成鳥になった蒼樹にもう必要がなくて……」

「今日のおまえは、『でも』ばかりだな。蒼樹には必要がなくても、俺に必要だ。それではダメなのか」

ダメなわけがない。

蒼樹に必要がないのだから、蒼鷲の傍にないてはいけないと思っていた。それが、蒼鷲自身に望まれているなど……夢にも見たことがない僥倖だ。

蒼鷲の肩にいる蒼樹が、控えめに『蒼樹も翠蓮スキ』と言ってくれた。それなのに、まだうなずくことに躊躇う翠蓮を、あまり気が長くはない蒼鷲は少し苛立ちを感じさせる目で見据えてくる。

うつむいて強い視線から逃れようとしたけれど、

「おまえと共に戻ると、決めて来たんだ。だが、おまえがどうしても俺のところに来る気がないと言うのなら、俺がここに居座ることにしよう」

恐ろしい言葉に、ギョッとして蒼鷲を見上げた。

冗談……を口にしている雰囲気ではない。翠蓮を見ている目は、本気だと語っている。

「や……やめてください。父母の神経が、すり減ります」

「では、おまえが動け。……いいな？」

口説きに来たと言っていたが、これでは脅迫のようなものだ。

けれど……蒼鷲らしいとも思う。

ふっと息をついた翠蓮は、かすかに頭を上下させた。本当にいいのだろうかという躊躇いは、拭い切ることができないけれど……。

「わかりました。蒼鷲様にお従いします」

「もう一度、目を合わせて俺の傍にいると誓え」

左手で、目元を隠す前髪を掻き上げるようにして顔を上げさせられる。蒼い瞳と真っ直ぐに視線を絡ませて、誓いを口にした。

「……蒼鷲様のお傍に、います」

翠蓮は、根負けしたからだと態度に表したつもりだが、蒼鷲は子供のように嬉しそうに笑って「言質(げんち)を取ったぞ」と言い、額に口づけて来た。

本当に……完全な負けだ。

最初から翠蓮の負けは確定していて、勝負になっていなかった気もするけれど。

□□□

つい最近まで蒼鷲の離宮で過ごしていたはずなのに、ずいぶんと長く離れていたように感じる。

蒼鷲が、夜半によく腰かけて葡萄酒を飲んでいる寝椅子を目にしたと同時に、翠蓮の胸には『懐かしい』という思いが湧いて、不思議な気分だった。

不意に背後から長い腕が巻きついて来て、グッと抱き寄せられる。背中が蒼鷲のぬくもりに包まれて、心地いいのに落ち着かない……複雑な気分になった。

「あの、蒼鷲様」

「なんだ」

呼びかけに答えながら首筋に口づけられ、ビクッと身体を震わせる。

なんだか、このまま寝台に連れ込まれてしまいそうな空気が漂っているが……二人きりではないことを、忘れているのではないだろうか。

「蒼樹が」

『ハイ、翠蓮』

名前を口にした直後、寝椅子の肘掛けあたりからやけに行儀のいい返事があって、それ以上なにも言えなくなる。

でもそれで、翠蓮が言いたいことは明確に蒼鷲に伝わったらしい。

「蒼樹。朱璃のところにでも遊びに行ってろ。明朝まで戻らなくてもいいからな」

『わかりマシタ！』

蒼鷲の言葉に答えた蒼樹は、バサッと羽を広げて窓の隙間から飛んで行く。

翠蓮は、夕陽に照らされた蒼樹の姿を唖然として見送り、蒼鷲の腕に手をかけた。

「蒼鷲様。朱璃のところに……って、どういうことですか」

「共に雲を散らしたことがきっかけか、最近仲がいいんだ。連れ立って庭を飛んだり、どの木の実が美味いか教え合ったりしている。たまに朱鳳の宮に泊まりに行っているぞ。朱璃は、あまりこちらに来ないがな」

意外な言葉に、「はぁ……朱璃と友達に」と間抜けな反応をしてしまった。

ただ、同時期に生まれた守護鳥同士は仲が良好に越したことはないはずなので、喜ばしいことだとは思う。

あまりここに来ないという朱璃は、もしかして蒼鷲を怖がっているのではないだろうか。

「もういいだろう。邪魔者はいなくなったぞ」

「っ！　まだっ、聞きたいことが」

「ああ？」

翠蓮がなかなか素直に身を任せようとしないせいか、蒼鷲の声に刺が生えた。

拒んでいるわけではないのだが、引っ掛かりを残したまま蒼鷲に身を委ねるわけにはいかない。

蒼樹により良い涙の結晶を与えるため、という言い訳があった前回とは違い、今の蒼鷲とのあいだにあるのは互いの感情のみだ。

だからこそ、わだかまりは解いておきたかった。

「なんでも答えてやるから、言え」

不機嫌そうな声でも、翠蓮の意思を無視して強引に事を進めようとはしない。それが嬉しくて、心の片隅に居座っていた懸念をおずおずと投げかけた。

「あの、姫……婚約者だと仰っていた姫は……」

どうでもいいだろう、と。

説明を面倒がって撥ねつけられるかもしれないと覚悟していたのに、蒼鷲は仕方なさそうに答えてくれる。

「元、婚約者だと言ったはずだが。今は、黒烏の婚約者だ」

「黒烏様のっ？」

思い浮かべた黒髪の騎士と、蒼鷲と親しげだった姫との意外な関係に、奇妙な声が出てしまった。

驚く翠蓮に、蒼鷲は周知の事実のように語る。

「九つか、十になってすぐだったか。翠蓮の瞳の色に似ていたから、悪くないと言ったら……黄鳩の父親に誤解されて、婚約をお膳立てされそうになった。が、友人にしかなりようがないと互いに感じていたからな。俺も黄鳩も、当時から他に想いを寄せる相手がいた」

「僕の瞳に？」

そういえば、蒼鷲は意味深なことを言っていた気がする。

確か……姫の瞳の色と似通っているから、翠蓮が傍にいても疎ましがらないのかと……初めて顔を合わせた時に「その瞳の色は悪くない」と口にしたのですかと尋ねた際に、「逆だ」と。

あれは、姫より先に翠蓮を知っていて瞳が気に入っていたから、姫にも「その瞳の色は悪くない」と告げたという意味か？

「おまえを認識したのが先だ。黄鳩も、知っている。だから、『菫色の瞳をした抱卵役』の翠蓮に興味を持って、蒼樹を口実にして見に来たんだ。黒烏も、そのあたりの事情をすべて知っているからな。子供の頃から、俺に逢う……のを建前として城に遊びに来ては、黒烏と逢引きしていたんだ。こっちは擬装に使われていい迷惑だ」

それならば、抱卵役に決まってここへ案内してくれた際に黒烏が翠蓮の顔をジッと見ていたことや……蒼鷺様は翠蓮を気に入っていると、なに一つ根拠もないはずなのに言い切ったことへの、答え合わせになる。

姫に関しては、『元』婚約者で蒼鷺との関係を気に病むことはないと納得できたけれど、更に大きな疑問が湧いてしまった。

「待ってください。どうして、僕が先なんですか？」

まるで、ずっと昔に逢っていることが前提になっているみたいだ。

王族と直接言葉を交わす機会などそう多くないのだから、謁見していたら記憶に残っているはずだ。

蒼鷺と、何年も前に逢った？

そんなことがあれば怖いが、翠蓮の記憶からなにかの弾みで消えているのでなければ、知らない。

困惑する翠蓮に、蒼鷺はさらりと種明かしをした。

「……黒烏と入れ替わって、貴族の子息が剣の鍛錬をする場に紛れ込んだからだな。当然、誰も俺の正体に気づかなかった」

「あ……」

それも、黒烏から聞いた覚えがある。

あの場では、王子という身分の人がとんでもなく大胆なことをすると呆れたが、まさかその時に自分と逢っていたとは……やはり記憶にない。

なんとか記憶の引き出しを開けて探り出そうと四苦八苦する翠蓮をよそに、蒼鷺はもう隠す必要はないとばかりに語り出す。

「おまえは、腕を鍛えて将来は王子を護る専属騎士になると張り切っていた。弟に家督を譲るためにも、相応の理由が必要で……王子の側近ならば誰もが異議を唱えないからと。弟に家督を譲ろうとするのは何故か不思議だったが、周りの噂で養子だと知って納得した。実際にいい腕をしていたから、騎士となるのも可能だろうと……気に入っていた菫の瞳の騎士を従える日が来るのを、楽しみにしていたんだ」

「そんなことを、言いましたか？」

城での鍛錬会に参加していたのは、七歳から十歳くらいの頃だ。弟がいると語ったのなら、十歳近くになっていたか？

本当に事情を蒼鷺に語ったのなら、当時の翠蓮は、今では考えられないほど無防備だったのだろう。

「なのに、鍛錬会には来なくなるわ騎士ではなく抱卵役として現れるわ……俺と手合わせしたことを忘れてるし。菫の瞳は気に入っていたが、なにもかもこんなに好みに育つなんて想定外だったから、動揺のあまりイジメちまっただろ。そしたら、嫌われて避けられて……散々な目に遭った」

蒼鷲は忌々しそうに口にしたが、なんだか理不尽なことで八つ当たりをされた気がする。

「最後のほうは、僕は悪くないですよね」

ぽつりと言い返した翠蓮に、蒼鷲は「ま、そうだな」と素直に認めた。

蒼鷲は、わざと横柄に接しておいて、自分の言動に相手がどう対応するのか、冷静な目で観察して楽しむ……という悪趣味なところがある。自身に関する噂も把握していて、それに沿った振る舞いを演じている節もある。

……と、蒼鷲のことをだいたい理解した今では受け流せる翠蓮も、蒼樹が孵化する直前にまんまと挑発に乗せられて堪忍袋の緒を引き千切ったのだった。

苦い記憶を押し戻して、少年期の自分に思いを馳せる。

印象深い黒髪の少年は、一人か二人いたように思う。ただ、少年時代の蒼鷲と手合わせしたことは、どうしても思い出せない。

翠蓮が、相手としっかり目を合わせて向かい合っていれば、この蒼い瞳は忘れようがなかったはずだが……。

でも、蒼鷲が語ったのは、確かにかつて翠蓮が望んでいながら諦めたことで、過去の邂逅は事実なのだろうと信じられる。

「騎士に関しては、思うように成長できず、体格と体力的に不利だと早々に断念しましたから……申し訳ございません。蒼樹が抱卵役として選んでくれたので、結果的に蒼鷲様のお役に立てましたが」

騎士として、王子を護るという望みは叶わなかったが、蒼樹という守護鳥を孵化させて育てることはできた。

間接的にでも、子供の頃の翠蓮の夢は叶えられたのと同じだ。

これはこれで幸せなのでは……と奇妙な感慨に浸りかけた翠蓮に、蒼鷲が不機嫌そうに反論してきた。

「蒼樹じゃない。選んだのは、俺だ。孵化前の蒼樹と俺は、一心同体だからな。俺が、翠蓮を選んだ。そして翠蓮は……形こそ騎士から変わっても、結果的に俺に護りをくれた」

胸元に翠蓮を抱き込む腕に、ギュッと力を込めてそんなふうに言われると、有り余る幸福に胸が熱くなる。

きっかけは養父母に報いるため家名を高めたいという野心だったが、抱卵役に志願したことは間違いではなかったのだと思える。

「これからも、俺には翠蓮が必要だ。養い親に報いようとする健気さは愛しいし、心身共に見かけを裏切る強さで、賢くて、俺に対して臆せず意見を言える……そんな存在は唯一無二だと、元老院の連中も認めるだろう。最後で最大の難関は、おまえが同意するかどうかだ」

そこで言葉を切った蒼鷲は、力強く翠蓮を抱き締めながらぽつりと口にした。

「傍にいてくれ」

傍にいろと命じることのほうが簡単だったはずなのに、翠蓮の答えを求める。翠蓮自身が望まなければ、意味がないのだというように……。

蒼鷲にここまで言わせては、翠蓮が返す言葉は決まっていた。

「これからも、僕が蒼鷲様をお護りします。だから、傍にいさせてください」

「勇ましいな」

笑みを含んだ声でそうつぶやいた蒼鷲は、「負けねぇようにに鍛えないとなー」などと独り言の響きで続けて、前触れなく翠蓮を腕に抱き上げた。

「わっ！　下ろしてください。蒼鷲様が、こんな……臣下を抱き上げるなど」

不意打ちに驚いた翠蓮は、暴れることもできず全身を強張らせて蒼鷲に訴える。

翠蓮の驚きようは思惑通りだったのか、蒼鷲はククッと楽しそうに肩を揺らして子供のような笑みを浮かべた。

「俺は、臣下を寝台に連れ込む趣味はない。愛を交わす特別な存在だけ……のつもりだが、反論は？　おまえは、そうではないのか？」

反対意見など、あるわけがない。

翠蓮も、特別な相手でなければ触れ合いたいと思えない。

誘惑がなかったわけではないけれど、翠蓮に触れたのも触れたいと思ったのも、蒼鷲だけだ。

「……ありません」

小声で答えて、「愛」という一言に一瞬で熱くなった顔を蒼鷲の肩に伏せて隠す。

翠蓮が大人しく身を預けたせいか、蒼鷲は「それでいい」と満足そうに口にして、翠蓮を腕に抱いたまま寝室へと足を向けた。

蒼樹が飛び立った時はわずかに西陽が残り、夕暮れ色に染まっていた窓の外は、すっかり宵の気配が漂っている。

蒼鷲は翠蓮を寝台に下ろすと、寝台脇の台に引っ掛けてある吊り下げ型の灯明に手を伸ばした。

「明かりを灯すから、しばし待て。おまえが見えないのは、もったいない」

言葉が終わらないうちに、ぼんやりとした光が灯る。振り向いた蒼鷲は、寝台に膝を乗り上げてかすかな笑みを浮かべた。

「いつもの威勢のよさは、どこへ行った」

「泣き喚いて暴れて、力いっぱい抵抗したほうがよろしいのなら、そういたしますが……」

ついそんなふうに言い返した翠蓮に、動きを止めて数回まばたきをしたかと思えば、笑みを深くする。

「面白いな、翠蓮。でも、おまえはできない」

「どうして、そう言い切れるんですか」

「まず、自制心と矜持がそれを許さない。なにより……俺を愛しているだろう？　だから、触れられると拒めない」

否定されることなどあり得ないという調子で断言すると、髪に触れて来る。手触りを楽しむかのように指で梳き、手のひらで頬を包み込んだ。

睫毛を震わせた翠蓮は、身動ぎ一つできずに、淡い光に照らされた蒼鷲の端整な顔をジッと見上げる。

「どうだ。暴れてみるか？」

「蒼鷲様に呪詛をかけられましたので、動けません」

愛しているだろう。だから、触れられると拒めない。

そんな言葉に縛られているのだと返した翠蓮に、「ははっ」と声を上げて笑った。

生意気な切り返しだと機嫌を損ねるのではなく、面白がるあたりは、蒼鷲の懐の深さとでもいうべきか。本人が、子供心を忘れていないだけかもしれないが。

「やはりおまえは、なにもかも俺の好みだよ。騒がしいわけじゃないのに、おまえがいない離宮は静かだったな。蒼樹も元気をなくすし、羽は抜けるし……」

「羽が？　どこか具合が悪かったのでは」

蒼樹の羽が抜けるという言葉に、ピクリと肩を震わせて蒼鷺を見上げる。翠蓮と視線を絡ませた蒼鷺は、ムッとした顔で「おい」と凄んで来た。

「蒼樹の心配だけか。橙夏が言うには、抱卵役の涙を口にしなくなった直後にはよくあることで、問題ないそうだ。それより……俺も、寂しかったって言ってんだよ」

偉そうに、寂しかったと宣言する蒼鷺にほんの少し目を見開いて、唇の端を吊り上げた。

笑っては申し訳ないと思うが、そんなふうに言われてしまったら蒼樹や萌黄と印象が重なって、なんだか可愛いのではないかと頬が緩む。

「申し訳ございません。これからは、そんな思いはさせません」

「わかればいい」

ふんと鼻を鳴らして、唇を触れ合わせて来る。

最初から、蒼鷺の口づけは優しかった。比較対象がないので絶対評価しかできないが、触れて来る手も悪ぶった言葉ほど横暴ではない。

寂しかったと真っ直ぐに告げて来た蒼鷺のように、思いを口にすることはできないけれど……こうして蒼鷺の体温を感じると、空虚だった胸の内側が熱いもので満たされて行く。

「ン……、ッあ」

口づけに意識を取られているあいだに、衣類を乱される。

ぼんやりとしている翠蓮を脱がせるのは、容易かったに違いない。寝台に転がされた時には、一糸纏わぬ姿になっていた。

手早く自身も着ている物を脱ぎ捨てて行く蒼鷲を、ぼんやりと見上げる。

蒼鷲に全身を見られるのは初めてではないし、翠蓮も初めて蒼鷲の身体を目にするわけではない。

それなのに、心臓が壊れそうなほど激しく脈動している。

前回は、こんなに胸が苦しくならなかった。恥ずかしいとも思わなかったのに……今は、なにが違うのだろう。

「翠蓮？　なに目を逸らしてんだ」

蒼鷲を見ていられなくなって顔を背けた翠蓮に、低くそう言いながら胸元に手を置かれる。

蒼鷲の手に、ドクドクと激しい動悸が伝わっているはずだ。

「なんで、こんなに……ドキドキ、するのでしょうか。身体中、あちこち熱くて……苦しい、です」

右手を上げて紅潮しているだろう顔を隠した翠蓮は、ぽつぽつと訴えて震える息をついた。

喉を通る吐息まで、熱い。

「それは、まぁ……そうだな、前回は義務だっただろう。蒼樹のため、蒼い涙を流すため……翠蓮が望んだわけではなかった」

蒼鷲に触れられることが決して嫌ではなかったが、自ら望んだわけではないという言葉は否定できない。

では、今の……この身体中が痺れるように鋭敏になっている理由は、翠蓮の心が伴った結果なのだろうか。

そう思い至ったと同時に、蒼鷲が口を開いた。

「今のおまえは、俺への愛がある。だから、心身共にかつてない快楽を感じているんだ。そうだろう?」

愛がある?

他の誰に対しても感じたことのない、苛立ちや……胸に渦巻くモヤモヤによる息苦しさに、襲われた時もある。同時に、視界に入るだけで安堵して笑顔は嬉しくて、触れられると心地いい。

この蒼鷲への複雑な感情が、愛なのだろうか。

「答えろよ、翠蓮。愛してるって、言え」

黙り込んでいる翠蓮に、焦れたように催促して来た蒼鷲を見上げて、蒼い瞳と視線を絡ませる。

「…………」

きっと、自分以外の誰も見たことのない不安そうな表情で返事を待っていて、胸の奥が甘く疼いた。

愛がどういうものなのか、考えてもよくわからない。目に見える答えが出ないものは、苦手だ。

ただ一つ。蒼鷲との出逢いによって、翠蓮の世界が変わったことは間違いない。

「蒼鷲様がいない世界では、生きていけないかもしれません。それが、愛……なら」

翠蓮が心に浮かんだ言葉をそのまま零した瞬間、蒼鷲は嬉しそうな、泣きそうな……なんとも形容し難い表情を浮かべた。

翠蓮の視線から自分の顔を隠そうとするかのように、食いつくような勢いで唇を重ね合わせて来たことで、それ以上の言葉は不要だと伝わって来る。

「ん、ぁ……あっ、蒼鷲様」

「もう遠慮も手加減も、しないからな。この前は、蒼樹のための翠蓮だった。でも、今は……俺の翠蓮だ」

「っい、は……い。蒼鷲様っ」

蒼鷲のための、存在。

そう言ってもらえることに悦びが湧き、更に贅沢になる。もっと、もっと深く蒼鷲を感じたいと望んでしまう。

「手加減など不要です。苦しくてもいいので、もっと、ギュッと抱いてください」

「その言葉、後悔するなよ」

熱っぽい瞳で翠蓮を見下ろした蒼鷲は、恐ろしく魅惑的な笑みを滲ませて胸の真ん中に手のひらを押し当てて来る。

その手から伝わって来る体温が、熱くて……更に身体の熱を煽られた。

「しません。蒼鷲様の翠蓮です。愛を、教えてください」

両手を伸ばして、蒼鷲の背中を抱く。

許されないと思っていたことを自分に許す翠蓮は、蒼鷲が甘やかすせいで際限なく欲張りになるみたいだ。

もっと欲しいと逸(はや)る心を抑えられず、蒼鷲の肌に口づけた。

「蒼、鷲様」

「ッ……だから、もう知らねぇ」

はー……と大きく息をついた蒼鷲は、翠蓮の前髪を掻き上げて瞳を覗き込んで来る。

蒼鷲の瞳は氷のように冷たそうでいて、正反対の性質を持つ蒼い焔(ほむら)のようだ。

「あまり慣らしてやれないが、いいか」

「構いません。それより、早く、蒼鷲様が欲し……い」

翠蓮が返事をすると、もう言葉もなく身体に触れて来た。

あまり慣らしてやれないと宣言とした通りに、滑りのいい液体を纏った指でおざなりに準備をすると、耐えかねたように身体を重ねて来る。

「ッ、う」

熱いのか、痛いのか、苦しいのか……ありとあらゆる感覚が入り交じり、翠蓮は息をすることも忘れて歯を食い縛った。

　頭がクラクラする。視界が暗く塗り潰されているのは、瞼を閉じていることだけが理由ではないはずだ。

「翠蓮。俺を見ろ。ほら……」

　頬を包み込まれて、目を開くように促される。食い縛っている歯をこじ開けるように親指を含まされて、息を吸い込んだ。

「っは……、ぁ……あ」

「大丈夫か」

　軽く唇を触れ合わせて、蒼鷲のほうが苦しそうな顔で尋ねられる。その、蒼鷲らしくない表情に、ふっと吐息をついたと同時に全身の力が抜けた。

「ふ……蒼鷲様、泣きそ……ですよ」

「おまえに嫌われたらと思ったら、怖いからな」

「……そんなの」

　あり得ないし、蒼鷲がそのように気にかけることも意外だ。

　翠蓮が他の誰にも見せない顔を蒼鷲にだけ曝け出してしまうのと同じように、蒼鷲も翠蓮し

か知らない顔を見せてくれているのなら……至上の喜びだ。

「蒼鷲様。も……大丈夫です。望みは同じ、ですから。蒼鷲様を、もっと……たくさん、深く感じたいです」

動かない蒼鷲が翠蓮を気遣ってくれているのがわかるから、好きにしてほしいと懇願する。

それが、翠蓮の望みだ。

「翠蓮……おまえしかいらない。ずっと、俺の傍にいろ」

「は、い。はい……蒼鷲様」

熱い腕の中に抱き込まれ、熱っぽい吐息を零しながら何度も小さくうなずく。

傍にいたい。もう離れたくない。この背を、抱くことを許してくれる限り……。

瞼を伏せても、蒼い鮮烈な炎の印象は消えることがなく、翠蓮の心身を焼き尽くそうとするかのようだった。

□□□

蒼鷲は、本当に翠蓮の髪や瞳が気に入っているらしい。

「どうせ、王位継承権の五位や六位など国にとっては無意味な存在だ。俺は、これからも好きに振る舞うからな」

翠蓮の髪を指に絡ませながら、蒼鷲らしい宣言をする。

なにも言えずに苦笑した翠蓮に、イタズラを目論む子供のような笑みを見せた。

「だから、蒼鷲の侍従は翠蓮にしか務まらないと……誰もが眉を顰めるだろう。せっかく抱卵役から解放されたのに、蒼鷲から離れられずに気の毒なことだと」

翠蓮を侍従にすることの理由は、それで十分だと笑っている。けれどそれは、翠蓮にだけ都合がいいもので……一緒になって笑うことなどできない。

「それでは、蒼鷲様のご評判があまりにも……」

表情を曇らせて言い返すと、「構わん」と短い一言で一蹴された。

「俺の評判など、上げたところでなんになる。どのみち、今よりは下がらん」

気負いもなく口にする蒼鷲は、本当に自分の評判など気にしていないようだ。表面に表れている部分だけでなく、芯から強い人なのだろう。

「あ……そろそろ、夜明けです。蒼樹が帰って来るでしょうか」

浅い眠りに落ち……浮上しては蒼鷲と口づけを交わして、またその腕の中で瞼を閉じる。

贅沢な時間を過ごしているうちに、窓の外が白み始めて来た。

寝台に横たわったまま暁の空を見ていると、背後から翠蓮を抱き込んでいる蒼鷲がククッと笑う気配がする。

「蒼鷲様？」

「そういえば、翠蓮。おまえが、涙を流すために口にしていた赤い実があっただろう。あれを乾燥させずに食せばどうなるか、知っているか？」

「……いえ」

振り向いて蒼鷲の顔を見ると、やはり楽しそうな笑みを浮かべている。

橙夏からは、生では食べないようにとだけ言われたが……理由は聞かされていない。蒼い花といい、人間が食すれば毒となるものがあるからだと思っていたのだけれど、蒼鷲の様子を見ていると違うのかもしれない。

翠蓮の疑問には、楽しそうな蒼鷲が答えをくれた。

「蒼樹が、朱璃から聞いて来たんだが。寝台での仲を深めるのに役立つ効果がある、らしい。朱鳳と眞白は、試したんだろうな」

「え……えっっ？　まさか」

翠蓮は、蒼鷲の台詞のどの部分に一番驚けばいいのか迷い、ポツリと零したきり視線を泳がせる。

寝台での仲を深めるのに……とは、心身を高揚させる効果があるに違いない。

生の赤い実を齧ったことはないけれど、乾燥させれば酸いばかりなのに……恐ろしい。

それよりも、朱鳳と眞白は試した？

あの二人は、そういう……特別な関係なのだろうか。

王庭にある池の傍で見かけたことのある二人と朱璃は、確かにものすごく仲がよさそうだった。仮にそうだとしても、寝台での秘め事は誰も知る術がないはず……で。

「蒼樹が、朱璃から聞いた？」

衝撃のあまり聞き流しそうになっていたが、それこそが最も想定外で、恐ろしいことなのではないだろうか。

「朱璃と蒼樹が、どこまで意味がわかっているのか……全然わかっていないのかは、俺にもなんとも言えないが」

「わかっていないに決まっています。そうでなければ、……怖すぎます」

無邪気に、互いの主たちの日常を話し合っているだけだろう。内容が漏洩したら、一大事なのだが。

「まぁ、誰かが小耳に挟んだところで、鳥がしゃべっていることだからな。他人に話しても相手にされん」

「一般人だとそうかもしれませんが、王族の方や……橙夏さんや、元抱卵役たちは、冗談だと笑って流してくれないはずです」

守護鳥がどれほど賢いのか、知っている人は「たかが鳥」とは捉えてくれない。

蒼鷲は笑っているけれど、考えれば考えるほど目が回りそうだ。

朱鳳と眞白も……暢気そうなので、「朱璃に悟らせるな」と警告したところで危機感を持ちそうにない。

「翠蓮は真面目だな。もっと気軽に考えろ」

「……そんなわけにはいきません。蒼樹には、きちんと言い聞かせておかないと」

しゃべっていいことと、しゃべってはいけないことの違いを、わかりやすく説明するのは難しそうだ。

でも、朱鳳と眞白に蒼鷲とのやり取りが筒抜けになるなど、想像したくもない。

「あ……」

窓の向こう……朝陽が覗いた空に、蒼い羽の鳥が見えた。どんどん近づいて来ると、器用に脚の爪を使って窓の合わせをこじ開けて、室内に入って来る。

『蒼鷲サマ、翠蓮！　ただいまデス！　朱鳳サマに、ごはんモラッタ』

友人である朱璃のところにお泊まりをした蒼樹は、朝食までご馳走になって戻って来たらしく楽しそうだ。

まずは、ここからだ。

寝乱れた状態で蒼鷲と寝台にいる翠蓮は、縺れた髪を指先で解しながら大きく息をついた。

「蒼樹。僕と蒼鷲様が同じ寝台で朝を迎えたことを、誰にも……朱璃にも橙夏さんにも、言ってはダメだからね」

『仲ヨシなのに？』

「仲よしだから！」

　ぴしゃりと言い聞かせた翠蓮に、蒼樹は不思議そうに首を捻りながらも『わかりマシタ』と返して来る。

　寝台に横たわったまま、片肘をついて翠蓮と蒼樹のやり取りを眺めていた蒼鷲は、苦笑いを浮かべてつぶやいた。

「禁止事項だらけになるぞ。早々に諦めろ」

「諦めません」

　まだまだ、蒼樹には自分の教育が必要かもしれない。蒼鷲に任せていたら、自由奔放で気ままな鳥になりそうだ。

　翼を持ち、どこにでも飛んで行けるからこそ性質（たち）が悪い。

「蒼鷲様も、蒼樹も……僕が教えなければならないことが、たくさんありそうですね」

　容赦なく教育するからね、と。

　そう宣言したつもりなのに、蒼鷲と蒼樹は顔を見合わせて「ククク」『ピピピ』と笑い合っていて、翠蓮はさっそく「緊張感がない！」と叱ることになる。

赤い実のヒメゴト

『翠蓮。木の実、食べに行ク。イイ？』

翠蓮の肩にとまった蒼樹が、庭で食事をしてもいいかと尋ねてくる。頬に触れる頭の飾り毛がくすぐったくて、目を細めて答えた。

「うん。後で迎えに行くから。この前みたいにならないよう、初めての木の実を口にするときは食べ合わせに気をつけて」

翠蓮の涙を必要としなくなった蒼樹は、王宮の広大な庭を自由に飛び回って好きに食事をしている。その際、朱璃ら他の王鳥と逢って、行儀を教えられたり遊んだりしているようだ。

『ハイ。行ってキマス』

翠蓮の言葉に首を上下させた蒼樹は、バサッと翼を広げて窓から飛んで行った。

翠蓮は、その姿を窓際に立って見えなくなるまで見送る。身体の向きを変えようとしたところで、背後から蒼鷲の声が聞こえてきた。

「蒼樹を甘やかすな。迎えに行かなくても、勝手に戻ってくるだろう」

パッと振り向き、慌てて背中を伸ばす。

「あ、蒼鷲様。お帰りなさいませ。お帰りに気づきませんで、失礼しました」

言葉から察するに、翠蓮と蒼樹のやり取りを見ていたらしい。

昼食後、腹ごなしを兼ねて黒烏と剣の鍛錬をすると言い置いて出かけていたのだが、いつからそこにいたのだろう。

「構うな。放っておけ」

翠蓮の傍に大股で歩み寄りながら、短く口にする。

もう幼鳥ではないのだからと、蒼鷲の言うこともわからなくはないが……。

「変な物を食べないか、心配ですし……」

先日、初めて見かけたという黄色い実と白い花の蜜を口にしたという蒼樹は……よろよろと飛んで帰ってきたのだ。翠蓮の肩にとまろうとして床に落ち、ぐったりとする蒼樹を大慌てで抱き上げた。

泣きそうになりながら橙夏（とうか）を呼んだ翠蓮だったが、診断は『心配無用。酔っ払っておるだけだ』というもので、脱力してしまった。

どうやら、木の実や花の蜜、花弁に薬草といった鳥たちの食事の中には、同時に食べることによって体内で発酵して、酔っ払い状態になる組み合わせがあるらしい。

「蒼樹じゃなく、俺に構え」

そんな一言と共に長い腕の中に抱き込まれて、ふっ……と笑みを浮かべた。

「つい先ほどまで、黒鳥様と剣の手合わせをしていた方のお言葉ですか」

自分も参加したいと申し出た翠蓮を、「邪魔をするな」の一言で突き放したくせに。と、言外に責める。

皮肉は、明確に伝わったらしい。蒼鷲の声に、少しだけ気まずそうな空気が漂った。

「腕が鈍っているだろう。怪我をする」

「無鉄砲で怖いもの知らずな眞白じゃあるまいし、そこまで間抜けではありません。自分の力量くらいは把握しています」

「うっかり傷つけたら……って、俺が嫌なんだ」

　ぽつりと口にした蒼鷲は、先手を打つことで翠蓮の反論を封じるかのように、首に腕を回して唇を重ねてくる。

　こうして触れられると、翠蓮が身を預けることしかできなくなるとわかっていて……ズルいな、と蒼鷲の服の裾を掴む。

「ン……」

　肩の力を抜いて、広い胸元にもたれかかる。翠蓮の頭がぼんやりとするまで翻弄した蒼鷲は、笑みを含んだ声でつぶやいた。

「翠蓮は、口づけが好きだな」

「違います。……です」

　蒼鷲の肩口に顔を埋めて、小声で反論する。

　確かに、蒼鷲に触れられると心地いいばかりになる。それは、口づけが好きだから……ではないのに、わかっていないのだろうか。

「あ？　聞こえん」

ポンと軽く後頭部を叩かれて、「やっぱりわかっていない」と不満が噴出してしまった。

顔を上げると、蒼鷲と視線を絡ませてぶつける。

「僕が好きなのはっ、口づけではなくて蒼鷲様ですっ」

勢いで口走った直後に、後悔した。

撤回しようにも、蒼鷲の耳にはしっかり届いてしまっていて……嬉しそうな、楽しそうな、なんとも形容し難い笑みを端整な顔に浮かべている。

「なんだ。可愛げのあることも言えるんじゃねーか」

「……っ、ゃ、蒼鷲様」

当然のように襟元から手を入れられそうになり、慌ててその手を掴んで制した。すると、途端に不機嫌な顔になる。

「嫌なのか」

「まだ、陽が落ちていません。それに、蒼樹を迎えに行く約束ですから」

「ふーん……陽が落ちればいいんだな。蒼鷲の迎えは、俺も同行しよう」

意外にあっさり引き下がった蒼鷲は、唇にわずかな笑みを浮かべている。なにを考えているのか……読めない。

動くことができずにいると、「行くぞ」と翠蓮の肩に腕を回してきた。

失礼だけれど、少し不気味な……と首を捻りながら、蒼樹がいるであろう庭へ向かった。

「蒼樹……あ」

このあたりかな？ と覗き込んだ池の脇には、蒼樹ではない先客がいた。

お邪魔ですね、と心の中で謝罪して足を止めて回れ右をしようとした翠蓮の肩に、無言で大きな手が乗せられて 斜め後ろを振り仰ぐ。間近にある蒼い瞳は、華やかな容姿の王子と対照的な雰囲気の少年の二人が、肩を並べて座っている様子を映していた。

「朱璃、どこまで行っているのでしょうか。そろそろ帰らないと、日暮れが近づくと肌寒くなってきましたね」

「さっき、蒼樹と合流して飛んでいたから……そのあたりで遊んでいるんじゃないかな。朱璃がいないと静かだなぁ」

「朱鳳様……寂しいですか？」

「……眞白がいるのに？ 朱璃が一緒で賑やかなのも楽しいけど、二人きりもいいね」

甘い笑みを浮かべた朱鳳は、眞白の髪に触れてそっと頭を引き寄せる。そこで我に返った翠蓮は、これ以上覗き見しては申し訳ない……と、蒼鷲の腕を掴んで回れ右をした。

ようやく彼らの声が聞こえないところまで離れて、無意識に詰めていた息を吐く。

「朱鳳って、あんなふうに眞白を甘やかすんだな。うぇ……胸やけしそうだ」

「覗き見するなんて、失礼ですよっ」

「誰にでも等しく親切で、品行方正の見本みたいな朱鳳が恋人にどう接しているか、興味深いだろ。あー……甘い甘い」

舌を出した蒼鷲は、上衣の胸元を掴んでバタバタと風を送っている。

なにを言っても無駄か、と蒼鷲への説教を諦めた翠蓮は、心の中で朱鳳と眞白に「ごめんなさい」と手を合わせて謝罪した。

「で、蒼樹と朱璃はどこだ？」

『蒼鷲サマー！』

蒼鷲のつぶやきが聞こえていたかのように、頭上から蒼樹の声が落ちてくる。羽音に続いてふわりと蒼鷲の肩にとまり、続いて舞い降りてきた朱璃は、翠蓮が「おいで」と差し出した腕にとまった。

『お腹いっぱいデス。朱璃、美味しイ実、タクサン知ってたデス』

「そいつはよかったな。葉っぱをつけてるぞ」

蒼樹の報告を聞いた蒼鷲は、ふっと笑って嘴を指先で突いている。翠蓮は、右腕で羽を休めている朱璃に話しかけた。

「朱璃も、羽に白い花弁がついているよ。……蒼樹と遊んでくれて、ありがとう。朱鳳様と眞白が、心配していたよ」

『アッ、戻らナイと……アリガト、翠蓮』

物怖じしない朱璃は、あまり馴染みがないはずの翠蓮が指先で摘まんだ白い花弁をぱくりと嘴に銜えて、もぐもぐ咀嚼する。

蒼樹に向ける感情とは少し種類が違うけれど、無邪気な鳥は可愛い。微笑を浮かべて、鮮やかな朱色の翼をそっと撫でた。

「おい。朱璃。馴れ馴れしいぞ」

『ピッ！　ゴメンナサイ！』

その様子を見ていた蒼鷲が、朱璃の尾羽を指先に挟んで引っ張る。朱璃は、羽をバタつかせて蒼鷲の手から逃れた。眉を顰めた翠蓮は、イタズラをした蒼鷲の手をギュッと握って諌める。

「朱璃をイジメないでください。朱鳳様に叱られますよ」

「朱鳳が怒ったところでなぁ……迫力はないな」

それは……そうかもしれない。だいたい、朱鳳はいつ見ても温和な空気を纏っていて、怒る姿など想像もできなかった。

『アッ、ソウだ。アノ……蒼鷲サマ、コッチ』

なにか思い出したらしい朱璃が、蒼鷲の名前を呼んで翠蓮の腕から飛び立つ。急な動きに驚いて、握っていた蒼鷲の手をパッと離した。

蒼鷲の肩にとまっていた蒼樹も、『アレだ、朱璃』と、つられて思い出したようで、朱璃に続いて羽ばたいた。朱色と蒼色の翼に風を受けた二羽は、口々に『コッチデス』と言いながら先導するように飛んで行く。

「なんですか？　蒼鷲様？」

「……さぁな。呼んでるんだから、ついて行くか」

顔を見合わせた翠蓮と蒼鷲は、蒼樹と朱璃を見失わないように時おり頭上を仰ぎながら、木々のあいだを縫うように伸びる小道を進む。

『蒼鷲サマ。コレ！　美味シイ！』

スゥッと滑空してきた朱璃が、蒼鷲の脇にある木の枝にとまった。

たぶん……間違いなく、蒼鷲に遠慮している。もしくは怯えているから、気安く肩にとまれないのだ。翠蓮からは蒼鷲の身体の陰になっていて、なにをしているのかよくわからないけれど、蒼鷲が「あー……そうか。よくやった」と朱璃を褒めている。

褒められた朱璃は、

『朱凰サマと眞白ニモ、お土産(みやげ)にスル。マタネ、蒼樹』

頭上から蒼鷲の肩に舞い降りてきた蒼樹にそう言い残して、バサバサと飛んで行った。蒼樹が答えた、『朱璃、マタ今度』という声は、聞こえなかったかもしれない。

翠蓮からはよく見えない、蒼鷲の左肩にとまっている蒼樹が、なにか嘴に銜えている……？

蒼鷺の左肩を覗き込んだ翠蓮は、「なに？」と首を傾げた。蒼樹が、嘴に赤い実のついた小枝を銜えていたのだ。蒼樹は、蒼鷺が「ここに」と差し出した右の手のひらにそれを落とすと、得意そうに翠蓮に答えた。

『朱璃、教えてクレタ……美味シイ実デス。蒼鷺サマも、味見スルと言ったカラ』

「それで、お土産？　朱璃も、朱鳳様と眞白にお土産に……って言ってたもんな。でも、鳥が食べるものの中には、人間が生で口にしてはいけないものがあるんじゃ……」

しゃべっている途中で、思い出した。

小さな赤い実……これは、翠蓮にも馴染みのあるものだ。蒼樹のために涙が必要だった頃、乾燥させたこの実を食べれば酸味で涙が出ると教えられて、小瓶に保管していた。

蒼樹に翠蓮の涙が不要になった今では、久しく目にしていなかったのだが……。

「蒼鷺様。確か、この実は、生で食してはいけないものだったのではありませんか？」

横目で見上げた蒼鷺は、一瞬だけ翠蓮と視線を絡ませて明後日の方向へと顔を背ける。

なにも言われなくても、それだけで蒼鷺の思惑を察せられた。

人間が生で赤い実を食べれば、どんな作用があるのか。

蒼鷺から聞いた時は半信半疑だったのだが、こうして鳥たちに採って来させて試そうという気になる程度には、信憑性のある話だったらしい。

「蒼鷺様……」

『翠蓮？　怒ル？　甘イ、美味シイ実なのに？』

翠蓮が声を低くしたことに不思議そうな蒼樹は、蒼鷺や翠蓮にとっても自分たちが味わうのと同じく純粋に「甘くて美味しい実」だと信じているようだ。

それはきっと、無邪気に『お土産』と言っていた朱璃にとっても同じで……。

「蒼鷺様。これほど純な蒼樹たちを騙すような真似をして……ご自身が邪な目的に利用しようとすることに対して、心は痛みませんか」

蒼鷺を見上げて抗議をした翠蓮に、当の蒼鷺は素知らぬ顔で言い返してきた。

「なにが？　俺は、そんなに甘くて美味いなら食ってみたいなー……って言っただけだが」

惚けた態度と言葉に、更に怒ろうとして……心配そうにこちらを見ている蒼樹の存在に憤慨を抑え込む。

「甘くて、美味いらしいぞ。そんなものがなくても、翠蓮は甘くて美味いが」

こそっと耳元に吹き込まれた蒼鷺の声こそが、甘くて……絶句した翠蓮は、やはり蒼鷺には敵わないようだ。

深いため息をつき、蒼鷺の肩に軽く頭をぶつけた翠蓮が、怒っていないと判断したのだろう。

蒼樹が、ホッとしたように『ピピッ！　蒼鷺サマと翠蓮、仲ヨシ』と、嬉しそうな声を上げたから……ますます怒った顔をできなくなってしまった。

あとがき

こんにちは、または初めまして。真崎ひかると申します。このたびは、「蒼の王子と誓いの愛翼」をお手に取ってくださり、ありがとうございました！　子育て？　ならぬ、守護鳥の子鳥育てです（笑）。

ダリア文庫さんの「朱の王子と守護の子育て」のスピンオフとなりますが、こちらを単体で読んでくださっても大丈夫、なはずです。でも「朱の王子」を未読の方は、ついでに朱組にもお目を通していただけると嬉しいです！　今作にも少しだけ出演した、朱鳳と眞白&朱璃のお話となっております。ちゃっかり、便乗の宣伝でした。

あとがきを三ページもいただいてしまったので、ちょこっと語らせてください。

担当Nさんとの共通見解ですが、蒼鷲&翠蓮、朱鳳&眞白のカップルは相性が悪そう……といいますか、いろんな意味ですれ違いそうです。

朱鳳&眞白は（朱璃も）は、きっと何も考えていない能天気な人たちだと思われます。蒼鷲のほうがいろいろ考えているはずなのに、突っ張った残念な性格が災いして割を食うタイプですね。そもそも、他人に理解してもらおうとか本人が思っていないですし。翠蓮は、一人で考えすぎてストレスを溜め込むタイプで、可哀そう……と。蒼樹は、繊細そうで実は図太い（笑）。

蒼鷺も怖くないですし。

作中、ギスギスした空気になりかけたこともありましたが、よくしゃべってよく食べる（笑）鳥たちの存在が、雰囲気を和らげてくれていたら幸いです。


今回も美麗なイラストを描いてくださった明神翼（みょうじんつばさ）先生、本当にありがとうございます。大変お世話になりました。とんでもない原稿をお見せしてしまい、恥ずかしい限りです……。

カバーイラストの蒼鷺が恐ろしく男前で、本文であんなイジメっ子ではなく、もっと格好よくしてあげればよかったと悔やみました。翠蓮も、ツンデレ美人さんで麗しいです。朱鳳と蒼鷺の兄弟がタイプの違う美形なので、しっかりきっちり正装させて並べたくなります。

陰の（にしては、存在感がありすぎ？）主役である鳥たちもすごく可愛く描いてくださり、嬉しかったです！


いつも以上にお手を煩わせました、担当N様。イレギュラーな私事にガッツリ巻き込んだ挙句、思い出すだけで胃がキリキリするような目に遭わせて申し訳ございませんでした。放り出してやろうかと思われても仕方がなかったのに、最後まで根気強く伴走してくださり、ありがとうございました。一瞬、弱気になった時に「ここで諦めたら、今まで頑張ってきたことがゼロになりますよっ」と叱咤激励してくださり、こっそり涙ぐむくらいありがたかったです……。

でももう、あんな鬼畜な進行は関係するすべての方のために二度としない……と心に誓いました。あの手の突発的なこと自体、もうないと思いたいですが。

いろいろな方のお力で無事に刊行していただき、心よりお礼申し上げます。Nさんに明神先生に、デザイナーさんに校正者さん……皆様の前で土下寝して、踏んでもらいたいくらいです。

末尾となりましたが、ここまで読んでくださった方にも、心より感謝いたします。本当にありがとうございます。ページの三分一が、個人的な懺悔を綴った面白くないあとがきで申し訳ございません。

なかなか落ち着かない日々が続きますが、せめて非現実世界の中だけでも、楽しいと感じていただけるお時間を過ごしてくださいましたら幸いです。

バタバタと落ち着かないあとがきでしたが、失礼致します。また、どこかでお逢いできますように！

今季は冬らしい冬で霜焼けが育ちます　真崎ひかる
二〇二一年

こんにちは．明神翼です☆
「蒼の王子と誓いの愛翼」♥ はぁ～♡
キュンが止まらない～～♥♥♥
蒼樹ちゃんがいっぱい描けて幸せ✿
『腹へり、デス。メシ！』に萌えころがってしまいました～
朱璃ちゃんもまた描けて胸アツ♡
真崎ひかる先生．とってもハッピーな萌えいっぱいのステキなお話をホントーにどうもありがとうございました——！
蒼鷲サマスキ！

魅惑の甘露
幼妻はハーフヴァンパイア
真崎ひかる
明神翼
Hikaru Masaki
Illust Tsubasa Myohjin
伴侶の血は、特別甘くて
官能的!?
天涯孤独の歩望は、ある日夜道で襲われたところを、美しい男・杏樹に助けられる。彼の正体は純血の吸血鬼で、目が覚めると歩望は「半吸血鬼」になっていた！助けたのは「暇つぶし」とつれない態度の杏樹だが、彼の不器用な優しさと孤独に触れ、次第に惹かれていく歩望。栄養補給のためのキスじゃ足りなくて、「杏樹の眷属になりたい」と夜這いしたり、誘惑を仕掛けるけど――!?

初出一覧

ダリア文庫をお買い上げいただきましてありがとうございます。
この本を読んでのご意見・ご感想・ファンレターをお待ちしております。

〒170-0013 東京都豊島区東池袋3-22-17　東池袋セントラルプレイス5F
(株)フロンティアワークス　ダリア編集部
感想係、または「真崎ひかる先生」「明神 翼先生」係

この本のアンケートはコチラ！

http://www.fwinc.jp/daria/enq/
※アクセスの際にはパケット通信料が発生致します。

蒼の王子と誓いの愛翼

2021年2月20日　第一刷発行

著　者
真崎ひかる
©HIKARU MASAKI 2021
発行者
辻 政英
発行所
株式会社フロンティアワークス
〒170-0013 東京都豊島区東池袋3-22-17
東池袋セントラルプレイス5F
営業　TEL 03-5957-1030
編集　TEL 03-5957-1044
http://www.fwinc.jp/daria/
印刷所
中央精版印刷株式会社